下雨的书店

〔日〕日向理惠子 著

〔日〕吉田尚令 绘

杨彩虹 译

新星出版社 NEW STAR PRESS

新经典文化股份有限公司
www.readinglife.com
出　品

下雨的书店

目录

一　图书馆的秘密通道

淅淅沥沥的小雨转眼间变成了瓢泼大雨，璐子慌忙跑进路边的公立图书馆。

她啪啪拍了拍身上的浅绿色雨衣，将雨滴掸落，又拿手绢擦了擦头发，叹了口气。

唉……真倒霉……

她刚帮妈妈买完东西，手中的购物袋里装着两个布丁——一个给妈妈，一个给妹妹莎拉，给自己买的却是蓝色果冻，因为她不想和莎拉吃一样的东西。

说起莎拉，她年幼多病，总能享有妈妈全部的关注。就拿前几天来说吧，她硬是抽抽搭搭哭个不停，把璐子最喜欢的熊猫玩具据为己有了。

这样的妹妹一点都不可爱……璐子刚才在路边捉了一

只蜗牛，藏在了衣兜里，想吓唬吓唬莎拉。真想看看莎拉被吓得大哭的样子呀……可是雨下得这么大，看来一时半会儿出不了图书馆了。

哗……哗……哗……

雨水像一面银色的幕布，顺着书架后面的大玻璃窗倾泻而下。

璐子又叹了一口气，声音中含着几分苦涩。她穿过书架，缓缓向前走去。

长条书桌旁，一名戴着耳机的学生，一位架着黑框眼镜的叔叔，还有一个用手托着下巴的女人都在静静地看书。他们仿佛被书施了魔法一般，悄

无声息。

图书馆里有些潮湿，四周静得让人感觉憋闷。璐子总觉得有无数视线从一排排书架上投下来，每一本书似乎都在盯着璐子说："读我，读我。"

雨，快点停吧……

一排排书架仿佛巨大迷宫里的一道道墙，璐子慢腾腾地从中穿行。一本本被翻阅过多次、书角已经磨圆的书，仿佛眯起了眼睛，一动不动地看过来——那视线从四面八方投射下来，带着微微的引力，牵动璐子的心。

不行，不行，绝对不行！

璐子努力不看书架，目不斜视地向前走。

"我才不喜欢书呢。"璐子心想。以前，妈妈经常给她买书。璐子大声读那些故事的时候，妈妈总是开心地听着。晚上睡觉前，妈妈也肯定会给她讲故事。

可是这一切，现在都归莎拉所有了。

书这破东西，我才不读呢！

手里拎着的购物袋随着璐子的脚步沙沙作响。"嗯哼！"忽然传来一个清嗓子的声音，璐子不由得吓了一大跳。她心里一紧，想赶紧藏起来，于是向图书馆深处走去。

啪嗒。脚边忽然传来一个声响。

璐子低头一看，浅绿色雨靴的旁边，本该在衣兜里的蜗牛蜷缩在壳里掉落在地上。它怎么会掉下来呢？

璐子觉得很奇怪，伸出手想把蜗牛捉回去。然而，蜗牛却忽然从壳里探出头，刺溜刺溜以惊人的速度逃走了。

"站住！"

璐子不由得大叫一声。这可是用来吓唬莎拉的蜗牛。而且，把莎拉吓哭后，她本打算把蜗牛放走的。要是留在这个连水洼都没有的图书馆里，它很快就会缺水死掉的。

璐子追了上去。

购物袋晃个不停，哗啦哗啦直响，但璐子顾不上这些了。因为……

尽管她穿着长靴奔跑，也没能缩短和蜗牛之间的距离。蜗牛在远远的前方像滑冰一样，轻盈而迅速地前行！蜗牛不是行动缓慢的动物吗？没错，应该是的。可是这只蜗牛却像只猫一样，若无其事跑得飞快。璐子追着它小小的亚麻色背影，奔跑在无穷无尽的书架之间。

蜗牛一会儿往这儿拐，一会儿往那儿转，一直速度惊人，把璐子远远地甩在后面。无论璐子怎么拼尽全力奔跑，也根本追不上。原本以为只不过是只蜗牛，轻轻松松就能抓住……没想到竟然追得这么辛苦！

忽然，璐子停住了脚步。她呼哧呼哧喘着粗气，终于意识到一个问题……不，不是她自己意识到的——惊奇与恐惧就像塞满了书的沉重书架，无情地向她压过来。

是的，她的恐惧简直就像耸立在两旁直抵天花板的高大书架一样。

这些书架是怎么回事？如果没有一把超长的梯子，也不请巨人帮忙的话，就算是大人也够不着摆在上半部分的那些书。书架上满满当当的书，每一本都那么厚重，甚至让人怀疑快赶上大人的体重了。而且，不知从什么时候起，璐子周围一个人都没有了。

璐子不由得后背发凉，心中涌起一抹不安。这样的书架，她从来都没有见过，来时的路也不记得了。虽然不想承认，但璐子的的确确迷路了！

要冷静！璐子对自己说，努力压制着恐惧。没事的，这里虽然被从没见过的巨大书架包围，但毕竟是在建筑物内部，在不远处应该有人……璐子心惊胆战地转身，开始往回走。

蜗牛的踪影早就不见了。璐子已经不想找什么蜗牛了。现在必须要找的是回去的路，通向图书馆她所熟悉的地方。

雨衣发出的声响、购物袋的沙沙声，还有自己的脚步声，就像被放大了一样，听起来是那么清晰。而其他的声音，无论是翻书声、摆书声，还是咳嗽声……却听不到了。

在璐子体内，不安和恐惧就像气球一样迅速膨胀，眼看就要炸裂开来。心脏的每一次跳动，都让她感到闷闷的痛。

四周太安静了，璐子甚至担心自己心脏跳动的声音会使巨大的书架失去平衡，将上面的书都震落下来。

再走几步，再走几步应该就能看到自己熟悉的书架了……哪怕是那些无聊透顶的经济类书籍也没关系。璐子以前一直不理解那些书到底为什么存在，现在如果能看到经济类书架，她一定会如释重负地好好闻一闻书的味道。

可是，无论她怎么走也无法逃离这陌生的通道。拐了一个又一个弯，四周的一切仍然和刚才一样。两旁的书架像两堵坚固的高墙，巍然耸立，连绵看不到尽头。璐子时而停下脚步怯生生地四下张望，时而向前跑，时而往后退，拼尽全力想要逃脱，就像一个不知自己身在何处的逃难者，又好像是一只被关在迷宫中、不找到出口就得不到食物的小老鼠……然而，无论她怎么慌乱挣扎都无济于事，她找不到出口，想向人求救，却一个人也看不到。

"有人吗？"

璐子终于忍不住大喊起来。四周静寂无声，她的叫声一定会被听到……

璐子一动不动地等着回应。

但是，没有人回应。不仅如此，她自己的声音从四面八方反弹回来，一阵阵嗡嗡嗡的回声让人毛骨悚然。璐子感到后背一阵发凉。这不就像是在一个巨大的洞穴中吗？

璐子不堪忍受，想顺着旁边的书架往上爬。也许书架和天花板之间会有缝隙，哪怕只是道微小的缝，说不定也能从中看到有人的地方。对着缝隙呼救，说不定就会有人听见……

这时，从离她最近的一本书的阴影里，悄悄地探出一对小小的触角。是蜗牛！它的触角一屈一伸，就像在对璐子打招呼。

璐子像被发现做了什么见不得人的事一样，慌忙从书架上下来。

她悄悄靠近蜗牛，想看个究竟。蜗牛丝毫没有要逃走的意思，朝璐子摆了摆两只触角。"难道是……"璐子觉得有些不可思议，目不转睛地盯着蜗牛的触角。只见蜗牛弯起一只触角，将另一只伸直。过了一会儿，它又将两只触角顶端对齐，向左倾斜，鞠了个躬。然后再一次伸直，像挥手一样把两只触角一齐向右倾斜……就像在说"跟我来"。

蜗牛从书架滑落到地面，缓缓地向前爬着，像是要和璐子保持步调一致。自己一个人肯定找不到出口……璐子疑惑又不安地想着，咽下一口唾沫，跟着蜗牛向前走去。

不知不觉间，通道变得笔直。在塞满巨大图书的书架之间，蜗牛和璐子走在长长的通道上。公立图书馆里怎么能容得下这么长的通道？璐子的心提到了嗓子眼儿，对自己说：不可能呀。那么，这里究竟是……

通道的尽头只能看到一个昏暗的小点。再转头一看，璐子不禁大吃一惊，那些塞满书的书架，正在一团团白雾的笼罩下缓缓消失，就像被浇了水的糖果一样被白雾吞没了。

璐子脑海中瞬间闪过想要折返的念头，可是，一旦走进那团雾中，说不定自己也会消失不见……

事到如今，只能硬着头皮往前走了。璐子下定了决心。

蜗牛缓慢而坚定地前行，璐子紧张地跟在后面。

不知走了多久，一扇小门映入眼帘，长长的书架也终于到了尽头。眼前的墙上，出现了一扇即便是璐子也得弯腰才能通过的木门，门上用弯弯曲曲的花体刻着几个字：

下雨的书店

二　下雨的书店

滴滴答答……

迎接璐子的，是一室明快又轻柔的雨声。这是什么地方？璐子记得是走了长长的一段路，从通道尽头的一扇小木门进来的。

这是一个房间。看不到天窗，但很明亮，而且明明在室内，却下着雨，软软的地上竟然长满了青草。

书架和桌子上胡乱摆放着莲花等水生植物、月球模型、玻璃火车、装有彩虹色液体的瓶子、带发条的龙和人偶。从天花板上垂落下薰衣草色的鲸鱼和一个用土及水做成的地球仪。靠墙立着的，是一个个用弯木制成的奇形怪状的书架……

"喂，你能不能把门关上啊？这样开着，雨不是都逃走

了吗？"

冷不防听到有人说话，璐子吓了一跳，也没顾得上确认声音的主人便慌忙回身将门关上。

重新环顾房间，璐子不由得瞪大了眼睛。她刚刚完全没注意到房间里还有其他人。

一个是披着一头栗色长发，身穿奇异服装的女人。还有一只戴着大眼镜的巨型鸟，坐在房间最里面一张吧台一样的桌子边。

璐子怀疑自己是在做梦，便用力摇了摇头。可是，她的双脚的的确确踩在地上，眼前的光景也丝毫没有要消失的迹象。

那个身穿银绿相间长裙的女人眼睛熠熠生光，向璐子走了过来。

"哎呀！哎呀！"

女人的话语中透着欣喜，仿佛发现了宝石一样。璐子有些惊慌，不由得后退了几步。女人注视着璐子，那双眼睛就像夕阳映照下的湖面，闪着金色和蓝色的光。

"这真的是人类的孩子呢！古本先生，您快看啊！"

女人摆着手说道。

桌边那只戴眼镜的鸟正在读一本厚得令人难以置信的书，闻声便抬起头来，眉头紧皱。

"人类？舞舞子，你再怎么无聊，也不能开这种玩笑啊。"

然而，那只被叫作古本先生的鸟只看了璐子一眼，便立刻神色大变。

"呀！呀！这是怎么回事，这是……"

大鸟使劲探出身子，好像要从桌上跨过来一样，粗大的喙伸到璐子面前——好像是璐子在绘本里见过的渡渡鸟——黄色的大镜片使他的眼珠看起来就像月亮一样，发出皎洁的光。

璐子浑身僵硬，一动不动地忍受着奇妙二人组审视的目光。她到底来到了什么地方？刚才明明只是跑进了公立图书馆呀……

也许是察觉到了璐子内心的不安，女人语气温和地笑着说：

"不要怕，我们都很欢迎你。我们这里好久都没有人类顾客光临了呢！"

女人说着摇了摇头，深栗色的鬈发和周围飘浮着的珍珠色气泡也随之优雅地摆动起来。

"且慢，舞舞子。这到底是怎么回事？你究竟是怎么来到这儿的？"渡渡鸟板着脸问道。可还没等璐子回答，他就恍然大悟似的又探出身子说：

"舞舞子，莫非是……"

"是啊，古本先生！"

两个人对视着，用力点了点头，璐子却觉得莫名其妙。

"嗯哼！"渡渡鸟大声清了清嗓子，紧紧盯着璐子，好像要将她看穿。

"你难不成是到这里来找书的？是吧？一定是！"

璐子紧张得不得了，脑子里乱成一团麻，却用连自己都吃惊的坚定语气回答道：

"不是。是因为下雨了，我来公立图书馆避雨，然后才跟着蜗牛来到这里的。"

"嗯？蜗牛……"

两人脸上掠过一抹失望的神色。渡渡鸟歪着头，额头上皱起一道道纹路。把璐子引来的那只蜗牛正在渡渡鸟读的书页上爬着，留下一道黏湿的痕迹。

渡渡鸟用翅膀灵巧地捏起蜗牛，把它放在书架里的水晶球上。

"哦，蜗牛……难道说……不不……"

渡渡鸟看着水晶球上晃动着触角的蜗牛，若有所思。过了一会儿，他抬起翅膀扇了几下，突然用严厉的目光瞪着璐子说：

"你真的……真的是人类吗？不是纸糊的道具，也不是鸟？最近这种冒牌货特别多，真没办法。"

璐子听他说自己是冒牌货，不禁有些生气，皱起眉头回答道：

"我是人类。你说的什么冒牌货，我从来都没见过。"

渡渡鸟发出重重的鼻息声，双翅交叉抱在胸前。

"你不是被书香吸引来的，而是被蜗牛带来的，这么一来，到底是……"

"请问，这究竟是什么地方？"

璐子终于忍不住了，大声问道。

奇妙二人组互相对视了一下，然后渡渡鸟清了清嗓子说：

"你没看见外面的门吗？这是我的店，名叫'下雨的书店'。就像眼前你看到的一样，是家旧书店。"

璐子瞬间呆住了。这是旧书店？入口的小木门上的确刻着"下雨的书店"的字样，墙边的书架上也摆满了书。

可是，那些书看起来都很新，像是印出来没多久，根本不像旧书。况且，长满青草、一直下着雨的旧书店，别说见了，连听都没听说过。还有，店主竟然是只渡渡鸟！

目光深邃而明亮的女人向着璐子鞠了个躬。

"我是助理舞舞子。不管怎么说，你真是我们这儿久违的人类客人。快过来。正好你穿着雨衣，可以戴上帽子，免得淋湿头发。不过如果你喜欢淋雨，不戴也行。"

璐子对舞舞子奇怪的装束感到有些诧异，或者不如说被她吸引，都看入迷了。舞舞子有一头美丽的鬈发，头发四周飘浮着泡泡，身上穿的连衣裙则像是用青苔和蜘蛛丝编织而成的。她优雅地带着璐子来到房间中央。

轻柔澄澈的雨珠淅淅沥沥地落在头上，璐子的两根辫子已经湿了。被清凉的雨水轻轻笼罩着的感觉如此美妙，所以璐子没有戴上帽子。

"哧哧哧"，忽然不知从哪个方向传来一阵善意的笑声。店里的各种物品——大小不一、装帧精美的图书，架子上随意摆放的人偶、天体模型、鲸鱼和龙的复制品，还有摆放在各处好像在玩捉迷藏的矿石，圆盘形状的银河系星图，色调柔和的白墙，以及被绿草覆盖的地面，这一切似乎都在用一种奇特的声音对璐子说着悄悄话。

古本先生扭动着胖胖的屁股，紧靠着椅背坐下。

"来，来这边坐。"

舞舞子话音刚落，长满青草的地上噌地钻出一朵乳白色的大蘑菇，大小刚好够坐一个人。璐子瞪大眼睛，坐了上去。

蘑菇就像真的坐垫那样，软软的，舒服极了。

"虽然不知道你为什么到这里来，"见璐子抬头看着自己，舞舞子抿着山葡萄色的嘴唇笑了，"但好不容易来到下雨的书店，就看会儿书再走吧。你喜欢哪类书？"

话音刚落，忽然有什么东西从舞舞子身后飞了出来。璐子不由自主地站了起来。

是两个精灵！

只见他们身穿一蓝一紫两件小丑服一样的衣服，肩上披着的羊皮纸斗篷翩翩舞动着，使精灵悬浮在半空中。他们长着一模一样的鹅蛋脸，除了衣服颜色不同以外，看不出任何区别。

"书签！"

"书脊！"

两个精灵在半空中互相碰了碰脚后跟，发出啪的一声响，用可爱的嗓音呼唤对方。

"他们俩会帮你找到最合适的书。你想看什么书？"

听了舞舞子的话，璐子张了张嘴，半天才说出一句：

"他们……是真的精灵吗？"

舞舞子温和地笑着点了点头。

"嗯，是的。他们是我的精灵，我的职业是精灵使者。这是书签，那是书脊。他们的任务就是为顾客寻找喜欢的书。"

两个精灵在胸前弯曲手臂，深深鞠了个躬。蓝衣服的是书签，紫衣服的是书脊。他们睁着蓝宝石般明亮的圆眼睛，迫不及待地要为客人效力。

璐子一下子对这两个彬彬有礼的精灵心生好感。然而，璐子此刻却无法接受他们的好意。她低下头，怯生生地瞄着舞舞子。

"呃，谢谢您一片好意，可是，我现在不想看书……"

舞舞子和两个精灵都目瞪口呆。

忽然，咚的一声巨响，整个房间为之一震。

"岂有此理，太不像话了！"

璐子吓得一哆嗦，忙抬起头一看，古本先生那双像满月一样的大眼睛正发出严厉的光，翅膀攥成的拳头重重地落在巨大的书上。他向上推了推黄色眼镜，气呼呼地哼了一声。

"你说什么？不想看书？！现在的年轻人啊，真是拿你们没办法！你听好了，在过去，每个人从早到晚都在读书。无论感冒还是火山喷发，或是天上往下掉陨石……"

舞舞子啪啪拍了几下手，阻止古本先生继续说下去。

"您先别说这些老套的话了。她要是不想看，咱们什么办法都没有。再没有什么比被逼着看书更无聊了。而且，其实咱们这儿现在也没什么有意思的书啊。"

舞舞子甩了甩头发，低下了头，气泡随之摇动。两个精灵也低下头，帽子顶端分成三股的帽缨无精打采地垂了下来。

古本先生从眼镜上方摁着眼角，费力地说：

"你说得没错。问题如此严重，有史以来还从未遇到过。你说不想看书，我完全能够理解。"

店里的气氛一下子变得凝重起来。璐子不知所措地一会儿看看古本先生，一会儿看看舞舞子。

蜗牛趴在书架的水晶球上，一屈一伸地晃动着触角。

三　古本先生的难题

古本先生一脸不悦地将翅膀放在桌上那本巨大的书上，啪啪地拍打着书页。那张写满苦恼的脸，仿佛在忧心忡忡地看着月亮从空中坠落——他的眼睛被眼镜放大了，所以表情也显得更加夸张。

"唉……"一声长长的叹息从他大大的鸟喙中溢出。

"那么，我相信你真的是人类，有件事想告诉你。不，是必须告诉你不可。"

古本先生黄色镜片后那双满月般的眼睛炯炯有神地注视着璐子，一下子就把她震慑住了。璐子别无选择，有些犹豫地点了点头。

等璐子坐下后，古本先生清了清嗓子，语气严肃地说道：

"首先，希望你对这里的书有所了解。你随便拿起一本看看吧。"

璐子刚要起身去取，书签和书脊就捧着一本书送到了她面前。

"啊，谢谢。"

璐子的心怦怦直跳，她接过书，两个精灵动作整齐划一地向她鞠了一躬。

"你好好看看。"古本先生说道。

这本书的封面是水绿和银白交融的神奇颜色，书名叫《水母公主的故事》，摸上去清清凉凉，就像是塑料或温润光滑的石头。能感到书里的雨水正慢慢渗透到手掌中。

璐子轻轻翻开书页……突然，从光滑的银白色书页中间，有什么东西飞了出来。璐子下意识地身体向后一仰。

"呀！"

从书里飞出来的是四五只嗡嗡嗡叫个不停的小飞虫。璐子挥了挥手，想把围着自己飞舞的虫子赶走。古本先生不以为意地说：

"这些飞虫叫'探寻嗡嗡'，就是大家常说的书虫。和所有喜欢书的人一样，这些小虫也都以故事和文字为营养。但是，我们书店的探寻嗡嗡数量越来越少了，没有比这更令人痛心的事了。以前，我们书店里到处都是探寻嗡嗡！顾客多得排起长龙，大家都是被'雨书'的香气吸引来的，都是真心喜欢书、喜欢故事的人，才没有什么不想看书的傲慢无礼之徒。"

古本先生瞥了一眼璐子，然后用翅膀用力摁住额头。

"可是现在，店里的书越来越无趣！越是新书越无趣，简直就像干巴巴的面包一样乏味无聊，只会让人喉咙发干！你明白我的意思吗？"

古本先生的声音变得嘶哑，因过于激动羽毛都立了起来，喙部发出嘚嘚嘚的颤抖声。

"冷静点，古本先生。您这么激动，会吓到她的，嗯，那个……"

舞舞子一边劝古本先生，一边看向璐子。璐子意识到自己还没做过自我介绍，连忙说道：

"我叫璐子。"

舞舞子黄昏色的眼睛亮了一下。

"好可爱的名字！古本先生，璐子妹妹会害怕的。"

古本先生扶了一下快要滑落的眼镜，不置可否地哼了一声。

看着怒不可遏的古本先生，璐子噘起了嘴。她想要让眼前这位气鼓鼓的渡渡鸟知道，自己虽说现在不想读书，但也是读书之人。于是，璐子将目光投向古本先生桌上放着的杂物，指着其中一个说：

“那是菊石化石吧？我在表哥借给我的书上见到过。”

那是一个泛着蓝灰色光泽，带有完美螺旋花纹的螺形化石，被古本先生当作镇纸，重重地压在一摞信封上。

然而，璐子的话越发激怒了古本先生。

“现在的年轻人，真是太不像话了！在学校都不学古生物学吗？这是指菊石的化石，菊石目无脊椎动物！这么简单的知识，我还以为在幼儿园就能学到呢。”

璐子有些不高兴，耸了耸肩，心想：就算不知道，也不至于这么说我吧。

舞舞子用手托着下巴，叹了一口气。

“您喜欢年代久远的东西，这是好事，但是您跑题了。璐子妹妹，这里的书跟别处的有些不一样，你发现了吗？”

“嗯。”璐子点了点头。

“这里的书，是用被人们遗忘的故事和雨水做成的。比如说有一些故事写到一半就被搁置了，忘记了；或者故事没有写成文字，只是口头讲完就被忘了。这些故事，都没有完结——或者连说都没说'完'就迷路了。我们书店就收集这样的故事，用雨水将它们制作完成。"

"用雨水？怎么做呢？"

看到璐子好奇地睁大眼睛，舞舞子伸出手接住从屋顶落下来的雨珠。

"人类身体的绝大部分都是由水构成的，这你知道吧？其实人的内心也一样。当人们极度伤心或高兴的时候，就会流眼泪。

"不仅是人类，世界上的万物——动物、花、树、石头、风——它们的内心和记忆也都与水密切相关。现在滴落下来的雨点里就蕴含着各种各样的记忆。比如说璐子妹妹摔了一跤哭了，那些泪水就一点点蒸发到空气中，升到天空变成了云，然后再变成雨，重新落回地面……也许现在落在我手上的这一滴，就是很久以前你摔跤时流下的眼泪；抑或是有一只正看着你的猫，打了个哈欠，挤出来的一滴泪珠；还有可能是从公园樱花树的叶子上滴落到猫额头上的一颗露珠。

"孩子踩过水洼时溅起的水花，玫瑰花蕾上凝结的露珠，大象喷出的水雾，或者早晚会干涸枯竭、无法浸润任何人喉咙的泥浆……所有这些经过漫长的时间，都会变成雨。

"所以说，雨水中蕴藏着这个星球上各种各样的故事。不同的雨水浇灌出不同的故事——如果是被悲伤浸染的雨水，会浇灌出令人悲伤的故事；经历过喜悦的雨水，会浇灌出令人开心的故事；甚至有的雨水还能编成每一句话都像谜语一样、具有神奇魔力的故事。

"我们就用这些雨水，浇灌那些迷路的故事，最终把它们变成书。"

璐子目瞪口呆，完全顾不上舞舞子投来的目光。古本先生额头上皱起一道道抬头纹，说道：

"最近那些迷路的故事——也就是故事种子，根本没办法编成书！净是些无聊乏味的东西！而且，这些日子以来，就连雨也不好好下了……"

古本先生双翅抱头，看起来痛苦不堪，璐子不禁有些可怜他了。

"为什么会这样？怎样才能有好的种子呢？"璐子问道。

古本先生和舞舞子，还有两个精灵都齐刷刷地将视线投向璐子。

“就是你！要想解决这个问题，我们需要一个真正的、活生生的人类。请你助我们一臂之力吧！”

看到古本先生突然变得坚定有力的目光，璐子眨了眨眼睛。

古本先生说：“我们需要人类的想象力。”

四　雨书

古本先生衔起一个透明烟斗，缓缓站起身来。

"首先，你有必要弄清楚这里的书是怎样制成的。"

"在书店里可以抽烟吗？"璐子不由得问道。

古本先生目光犀利地扫了璐子一眼，喷出一口透明的紫烟。

"谢谢你的忠告！不过这可是水燃式烟斗，根本不用火，点燃它需要的恰恰是像雨一样的水。好了，舞舞子，带她去图书制作室看看。"

"好的。"舞舞子回答道，然后动作敏捷地推开房间最里面一扇长满青苔的木门。

璐子这才发现那里竟然还有一扇门，比她刚才进来的那扇要大很多。

"跟我来。"古本先生屁股一扭一扭地向那边走去。

璐子把装着布丁和果冻的购物袋抱在怀里，从蘑菇椅上站起身，心想：古本先生怎样才能通过外面那扇小门呢？她都得弯下腰才能挤进来，古本先生的话，肯定会堵在门口，动都没法动吧。璐子强忍住笑，跟在古本先生身后，穿过里面那扇门。

舞舞子跟在璐子后面，两个精灵手牵着手殿后。

门的另一侧是一条狭窄的通道。前方被古本先生的屁股堵得严严实实，璐子无法看到情况。这里也有从天花板落下的雨，墙上长满青苔，有好几只像萤火虫一样闪闪发光的虫飞舞着。通道的照明全靠这些飞虫了。

感觉像走在森林里一样，璐子想。雨滴淅淅沥沥地抚过头顶，青苔散发着芬芳，还有飞虫闪烁着柔和的光。走着走着，璐子感觉自己好像也变成森林中的一员，有一种久违的亲切感。

"看，就是这儿，进来吧。"

古本先生回过头来对璐子说，然后打开通道尽头的门。

一进那扇门，璐子不由得用尽所有气息发出一声长叹。

"哇……"

呈现在眼前的，是一个明亮的大厅——这是一个大得惊人的圆形房间。从蓝宝石色的天花板上落下晶莹剔透的雨滴。地上蓄着清澈见底的湖水。湖面开满睡莲状的花朵，塑料质感的极光色花瓣上沾着雨珠。

璐子他们落脚的地方，是环绕在湖周围的玻璃栈道。在透明的栈道上，可以看到玻璃从不同角度折射出来的五彩斑斓的光线，让人觉得仿佛站在空中。

"这里就是我们书店的图书制作室。那些迷路的故事就是在这里受到雨水滋润，变成书的。"

古本先生吸了一口烟斗，挺起胸膛。

眼前的景象让璐子看呆了。这里如此宽敞而明亮，雨点渗入头发里的清凉和打在浅绿色雨衣上发出的啪嗒啪嗒的声响，都让她感到无比惬意。

"舞舞子。"

听到古本先生呼唤，舞舞子点了点头，啪啪地拍了拍手。

"书签，书脊！"

两个精灵披着羊皮纸斗篷翩翩飞去，从湖面上捞起一朵花，送到璐子面前。

璐子小心翼翼地接了过来。花的形状与睡莲十分相似，

就像是将极光色的宝石切割成薄片精雕细琢而成，十分精巧；又像是某种精灵的手掌把什么东西包起来似的。绽开的花瓣中央有一团东西，有点像水母，又有点像果冻。不，是一大颗水珠吧。水珠颜色乌蒙蒙的，有些浑浊，好像掺进了杂质。

"花心里的那个水珠一样的东西就是故事种子，颜色本应该更漂亮些的……但是，你看，现在它很浑浊，气味也不好闻。当故事还是种子的时候，肯定会有些无聊。但是通常来讲，它们在雨水的呼应作用下会变得更有趣些，因为雨水中蕴藏着这个星球无数奇妙的故事。可最近这些种子好像得病了似的，即便对它们抱有再大的希望，也没能培育出好的故事来。"

随着一声叹息，古本先生喷出一口紫烟。璐子不太明白"呼应作用"是怎么回事，盯着花朵的花心看了一会儿，抬头问道：

"它们是怎么变成书的呢？"

舞舞子让精灵又拿来另外一朵花。这次的花心中那团果冻状物体虽然还是软塌塌的，但已经有了几分书的模样。

璐子从花里拿起软塌塌的书，翻开看了起来。

……然后，柱子坏掉了，然后，嗯……城堡塌陷，所以……但是……嗯……

"什么呀，这是……"

读着书页上歪歪扭扭的字，璐子皱起眉头。古本先生和舞舞子同时摇了摇头。

"就是啊，最近做出来的净是这种支离破碎的书。这些残次品都不配被叫作书！"

璐子翻看时，不断有雨点掉在书页上，闪着银光扩散开来，闪闪发亮的字就一个个被写在书上。

……所以，这个故事……啊！真没意思……

"为什么会这样？"

看着看着，璐子渐渐变得不安起来。手中的书痛苦的样子就像是在细细的玻璃管中挣扎的牵牛花藤蔓，又像是明明想要游成直线，却因被割掉一侧鱼鳍只能原地打转的小鱼。

古本先生把嘴里的烟斗拿下来，指着湖面的一角，那里好像有一个入水口，从玻璃栈道下方不断有新的花蕾旋转着进入湖面。可它们又是从哪里漂来的呢？

"这些故事的种子来自一个不为人知的地方。那个地方叫作种子森林，既是我们书店采集故事种子的地方，也是那些被人遗忘的梦想和故事的聚集地。"

古本先生从鼻孔里喷出短短一柱烟，不屑一顾地说：

"种子森林，也不知道谁起的名字，太没有情趣了！应该叫'遗失的未完待续故事之林'。"

舞舞子微微眯起眼睛。古本先生有些尴尬地用烟斗一端挠了挠额头。舞舞子恢复了笑脸，对璐子说：

"这个图书制作室的雨和光，都是这些花朵特别喜欢的。所以它们才托着故事的种子，聚集到这里来。"

璐子歪着头问：

"这么说……它们是从那片森林被引诱到这儿来的？"

古本先生张大了嘴。

"别胡说了！总之我们就是从那个森林里采集种子的。"

然后，古本先生哼了一声，额头上皱起深深的皱纹，看着花朵漂浮的湖面。

"种子森林里一定是发生了什么事，才让故事变得干瘪乏味、荒诞不经……究竟是什么造成了这一切，我和舞舞子都不得而知。要想去那片森林一探究竟，我们需要人类想象力。"

说到这里，古本先生黄色镜片后的眼睛闪出一道光，视线落在璐子身上。

"所以，我们希望你去种子森林，调查一下到底发生了什么事。"

璐子半天说不出话来，感觉就像刚一到国外就被命令做间谍一样。

"古本先生，虽然您看起来确实不像人类，但舞舞子女士呢，她不是人类吗？"

璐子话音一落，舞舞子银铃般清脆的笑声立刻响了起来。

"我是人，但我也是精灵使者。精灵使者是要将自己的一半交给精灵的。所以，我不是百分之百的人类。"

璐子噘着嘴，皱起了眉头。

"可是，可是……我不知道自己有没有想象力，而且……"

见璐子犹豫不决的样子，古本先生好像有些不耐烦，他用翅尖在空气中啪地拍了一下。

"那我问你，你看书的时候，会不会一边看一边想象着书里描写的人物和风景？"

璐子想了想，确实如此，于是默默地点了点头。

"还有，你走在路上时，会不会猜想从对面街角走过来的会是什么人，信箱里会有谁寄来的信，今天的晚饭吃什么？这些思考就是'想象力'！任何人类都具备这种能力，即便有优劣之分，也的的确确每个人都有！"

"可……可是，为什么非得是人类不可呢？"璐子不解地问。

古本先生抖了抖肩上的羽毛，回答道：

"答案非常简单。种子森林里那些被遗忘的梦想和故事，都是人类的作品。所以只有人类才能进入那片森林，就像只有雏鸟才在蛋壳里，只有亡者才在坟墓中一样。"

古本先生说完，用他那双满月般的大眼睛注视着璐子。舞舞子和精灵们也将祈求的目光投向她。

"当然，"古本先生的眼镜闪出一道明晃晃的光，"这个任务不是随便交给哪个来历不明的人都行的。"

"古本先生！"舞舞子像是要责备他似的，抬高了音量说，"您可别这么说。您想啊，璐子妹妹是被蜗牛带到这儿来的。单看这一点，我就觉得这一切都是命运的安排。"

璐子无心听他们两人的交谈。事情为什么会变成这样？她只不过是出门帮妈妈买东西……璐子脑海中忽然浮现出在家里等着吃布丁的妈妈和莎拉。吃不到最喜欢的布丁，莎拉一定会大哭一场的。璐子甚至能想象出莎拉一边说"布丁还不回来"，一边抽抽搭搭哭得变形的脸。

哼，活该……

想到这儿，璐子恍然大悟。或许这就是'想象力'吧。莎拉明明不在眼前，可她哭泣时的脸和声音却能如此清晰地浮现在脑海中。

可不知为什么，璐子又感觉自己的内心深处仿佛被塞进了一块冰。

刚才古本先生说想象力有优劣之分，那么，自己的想象力又怎样呢？璐子提着购物袋的手不由得攥得更紧了。

"好吧。"璐子说道，"我答应你去种子森林查看一下到底发生了什么事。不过，我可不能保证一定会圆满完成任务。"

在场的所有人脸上都绽开了希望之花，就连性情古怪的古本先生都露出一丝笑容。

"嗯嗯，你能答应真是太好了！舞舞子，你知道的，我一向不相信那些无法从逻辑上得到证明的事，但这件事的确太紧急了，这次我就相信你作为精灵使者的直觉。那就拜托了，这可是一项至关重要的任务。"

古本先生用双翅握住璐子的手，上下用力摇晃了几下，在舞舞子身后，两只精灵牵着手跳起舞来。

璐子在心里对着沙沙作响的购物袋做了个鬼脸。

五　青鸟星丸

在古本先生的带领下，璐子一行人又回到了店里。

璐子双脚刚踏入长满青草的房间，就不由得缩紧了身体——店里的情形好像跟刚才不一样了。但要说究竟哪里不一样，又说不清楚。天花板上垂下的地球仪旁边，刚才有月球模型吗？高高的书架上，刚才有白金色头发的人偶吗……

古本先生又在那张放有巨型书和菊石化石——不，是指菊石化石的桌子旁坐了下来。

"那么，既然你如此爽快地接受了我们的请求，我希望你立即出发，前往种子森林进行调查。"

璐子双唇紧闭，点了点头，心还在怦怦怦跳个不停。璐子真想猛推一把，赶走心里的不安。

"知道了，就是去刚才那间图书制作室的外面吧？"

她的话音刚落，古本先生那双圆眼睛瞪得都变形了。

"你好好听着。别忘了，这是项非常重要的工作。在提出问题之前，一定要动动脑子！这可不是打发你去买东西！我刚才不是说过了吗，要想去种子森林，需要人类的想象力。"

舞舞子用责备的目光看着古本先生。

"古本先生！璐子妹妹，你不要在意。古本先生这个人呀，就是有点神经质。不知道怎么去种子森林不是很自然的事吗？正因为大家都不知道，那里才成为被遗忘的故事的聚集之地呀。"舞舞子将手放在璐子肩头，语气温和地继续说道，"璐子妹妹，你听我说。刚才你在图书制作室里看到的花，的确是从种子森林漂过来的，但是这不像从河的上游漂到下游那么简单。

"种子森林究竟在哪里，谁也说不清楚，也无法画成地图。因为种子森林只能通过想象的力量才能到达，不是一个固定的地方。

"不过你也不必担心。既然是不固定的地方，也就意味着所有地方皆有可能。所以，我们才能从那里采集故事种子。

通往种子森林的路程远近，取决于如何运用想象力，也就是说取决于想象力的优劣，明白了吗？"

璐子双眉紧锁，抬头看着舞舞子和古本先生。

"我不太明白。"

"怎么说呢，比如……"

这时，书店正面的小门吱呀一声被推开了。璐子吓了一跳，急忙转过身去。舞舞子笑脸相迎，古本先生则脸色难看地抱住头——一个和璐子年纪差不多的男孩步履轻盈、活力四射地走了进来。

"嗨！古本先生，舞舞子姐姐，今天生意也不错吧？"

真是个怪人。只见那男孩身穿蓝色长袖上衣，裤管下面却是赤脚。

男孩的目光落在璐子身上，眼睛瞪得溜圆。

"咦？这个女孩是人类吗？"

哪有初次见面这么说话的！璐子有些生气，但舞舞子依然面带微笑。

"是呢，星丸。她叫璐子，是今天刚来的。她已经答应帮我们去种子森林调查了。璐子妹妹，这是星丸，我们店的常客。"

好奇怪的名字，璐子心想。被叫作星丸的男孩则用一种好像看到活恐龙一样的眼神，从上到下仔细端详着璐子。

"欸?！真厉害，是人类啊。"

璐子终于忍无可忍，噘着嘴毫不客气地说：

"什么意思啊，你不也是人吗？"

听到她的话，男孩用袖子捂住嘴，噗的一声笑了出来。

"你说什么？我是人？太好笑了。"

难道不是人类吗……话没说出口，璐子一下子屏住了呼吸。

刚刚还在眼前的男孩骨碌一下翻了个筋斗，不见了踪影。不，就在刚才男孩站着的地方，出现了一只正在拍打翅膀的蓝宝石颜色的小鸟！

事情如此出乎意料，璐子惊得说不出话来。小鸟在她周围开心地飞舞，额头上有一枚和男孩一样的白色印记。这到底是怎么回事？

"我是幸福的青鸟，是充满希望的启明星，不知要比人类强多少倍呢！"

小鸟发出婉转的叫声，好像在高声大笑。

咚！

一个充满愤怒的声音忽然响起，把大家都吓了一跳。是古本先生在用拳头砸桌子。

"在书店里必须保持安静！你说你，也不看书，还天天来这儿，妨碍我们工作！舞舞子，你马上去做个牌子，写上'不读书者禁止入内'！"

古本先生的鸟喙发出嘚嘚的响声，眼睛炯炯发光，似乎要从眼镜后瞪出来了。

"古本先生，别那么大声嘛。过度兴奋对您的身体可不好。"

小鸟飞到璐子身旁，变回男孩的模样，但丝毫没有反省之色。相反，古本先生怒气冲冲的样子令他十分开怀。

"璐子妹妹，吓着你了吧？刚才你也看见了，星丸虽然能变成人类的模样，但他其实是只小鸟。"舞舞子语气轻快地解释道。

璐子还没从惊吓中回过神来。小鸟，变成了人？

"说是鸟，我可是与众不同的鸟哦，跟那些满大街乱飞的鸟可不一样。舞舞子，我赶上下午茶的时间了吧？"

舞舞子呵呵一笑，说道："是，来得正好。不过今天还得再等一会儿，先让璐子去种子森林看看。"

男孩用奇怪的表情盯着璐子，撇嘴道："哼！那就快点去啊。快去！"

这是什么态度……璐子张着嘴说不出话来。就算催她快去，她也不知道该怎么去啊。

"这样吧，璐子妹妹……"

舞舞子把手放在璐子肩头，刚要说明，璐子的手突然被拽了过去。

"我带你去！这样就不用担心了吧？两个人去，一会儿就能完成任务，就能早点喝到下午茶了。"

璐子低头一看，男孩被长长的衣袖盖住的双手正紧紧抓着自己的胳膊，刚才不耐烦的表情早已无影无踪，满脸欢欣雀跃、神采飞扬，好像要去游乐场玩一样。

"快走啊！"

真是的，才一会儿工夫，他就像变了个人，真像喜怒无常的拉线木偶！璐子有点吃惊，舞舞子原本温和的表情也变得僵硬起来。

"那可不行，星丸，你……"

"可不是吗！你这种啪嗒啪嗒四处乱飞的小不点，谁会相信你？"古本先生一脸不悦，翻着书说道。

可他的话反而激起了星丸的斗志。

"咱们走吧。你觉得选哪个好？"

"等……等会儿！你想干什么？"

璐子想要抽回自己的手臂，可星丸丝毫不理会，四下看了一圈，然后指着古本先生桌子上的玻璃火车——去图书制作室之前，它只是一个安安静静的装饰物，现在却喷出紫色透明的烟来。

"嗯，我们就坐这辆火车去。好吗？"

"啊?！"

"星丸，不可以！"

舞舞子大叫道，两个精灵也去拉星丸的衣服。他却毫不在意地说：

"这辆火车会动吧？"

璐子不由得看了看那辆玻璃火车。

六 想象力

璐子猛然发现自己已经不在书店里了。

她惊恐地环顾四周，发现自己正坐在火车透明的玻璃座椅上。

璐子使劲眨了眨眼睛，茫然不知所措。到底发生了什么？古本先生、舞舞子和精灵们都不见了，装着布丁和果冻的袋子好像也落在了店里……

"嗯，还不错嘛。"

忽然冒出的声音把璐子吓了一跳，她往旁边一看，刚才那个男孩星丸正懒洋洋地坐在椅子上，眺望着窗外。

"这……这到底是怎么回事？"

对璐子的提问，星丸心不在焉地回答道：

"这是你想象出来的，你不知道吗？"

"我……"

璐子刚才确实想象过玻璃火车奔跑的情景，但那不过只是短短的一瞬。

"这辆火车是在往种子森林开吗？"

星丸继续看着窗外的景色，似乎不屑于回答璐子的提问。

璐子越过他的肩膀，将目光投向窗外——更确切地说是车厢外。外面并没有能称之为景色的东西，只能看到被分解成一条一条的彩虹，像是被水溶化后的各色颜料在迅速向后流动。由于火车是完全透明的，璐子他们好像在色彩中游泳一样。看来，火车的确在前行。

这辆车完全是玻璃制成的，无法区分车窗和车厢。座位也和平常坐的电车不同，是两两相对，形成一个个单间。座位靠背也是玻璃的，能清楚地看到车厢最前排。

璐子惊得瞠目结舌。

"你应该考虑得更周到一些。你看，这座位这么硬，坐不了多长时间就累了。"

璐子感觉好像只有自己一个人被蒙在鼓里似的，有些焦虑，也有些窝火。她还是无法相信，自己心里所想的竟然全都变成了现实……

"当心！"星丸大喊道。

他们乘坐的车厢突然弯弯曲曲变了形。璐子大吃一惊，站起身来。玻璃火车像果冻一样摇晃起来，脚下的地板变得颤悠悠，璐子根本无法站立。

"这……这是怎么了？"

不一会儿，车厢顶部开始融化，像胶水一样一摊摊掉下来，啪嗒啪嗒落到他们的肩上和头上。

呼！

一阵狂风从破损的车顶呼啸而入，撞到摇晃的地面，形成龙卷风，将璐子和星丸整个儿卷了起来。要被卷走了！两人拼命抓住渐渐融化的座椅。

"你刚才是不是对火车产生怀疑了？这样可不行，你必须相信它。要不然，咱们俩都会消失的！"

"你说得简单……"

璐子仿佛在暴风中摇曳的鲤鱼旗，身体悬在半空，大脑一片混乱。想象！想象！在如此紧要关头，还要专心考虑一件事，怎么可能！她拼命想将注意力集中到一点上，可总会有完全不相关的想法从脑海中横扫而过。

不知什么时候起，璐子的手中攥着一根滑溜溜的纤细芒草穗。还没等她回过神来，哗！海啸般的盐水向两人袭来，他们像滚筒里的衣服一样被冲得狼狈不堪。水刚刚退去，摇晃的地面上又突然出现了成千上万只毛茸茸的蜘蛛，爬来爬去，乱作一团。璐子毛骨悚然，刚转过脸去，眼前却猛然出现一个浑身漆黑的秃头妖怪，吐着舌头在半空中俯视着他们。

"玻璃火车，玻璃火车！"星丸冲璐子大喊。

璐子紧闭双眼，拼命去想象透明的座位、透明的车厢和车顶，还有光滑的座位和外面如潮水般涌动的色彩……

"对，很好，就是这样！火车是真实存在的！"

星丸的话像咒语一样立竿见影。

摇晃忽然间停了下来。璐子用手扶着座位，跪在地上。刚才发生的事就像幻觉一样，玻璃制成的火车上，一切都恢复成原来的模样。不，有一处与之前不同了。

叮叮当叮叮当……随着火车的行驶，响起清脆而动听的旋律，好像雪地上滑行的雪橇的铃声。

"哎呀，好险啊！"

星丸一脸如释重负的笑容，似乎在庆幸这次有惊无险。

他向璐子伸出手，扶她坐回座位上。

"不好好想象可不行。在运用想象力的时候，心存怀疑会非常危险。"

璐子的心怦怦直跳，但她不想被察觉，于是扬起下巴，默不作声地坐在那里。星丸丝毫没有害怕的样子，反而有些乐在其中。这让璐子有点生气，甚至有些难过。

叮叮当叮叮当……

两人都默默听着火车的铃声。

忽然，璐子想起一件事。

"不是说除了人类以外，谁都去不了种子森林吗？"

璐子不假思索地问道，星丸露出得意的笑容。

"没错。不过，我不是说过吗，我是与众不同的鸟。我从人类那里获得了想象的力量，和把自己的一部分分给了精灵的舞舞子正好相反。"

"这样也行啊？你说的话我一点都听不懂。"

"好吧，你只管想象就是了。"

星丸的狂妄让璐子皱起了眉头。他算什么呀？明明是个孩子，说起话来却老成得不得了。而且他突然现身，把自己从店里拉出来。既然他也能去种子森林，干脆一开始让他去不就行了？古本先生他们为什么还要拜托我呢？

两人默默地坐着，不再交谈。璐子气鼓鼓地缩起身子，星丸则兴奋得晃动着双腿。

七　种子森林

火车停靠的地方并没有车站。璐子没想过要怎么停下来，可是突然间车毫不费力地停了。

　　流动的色彩逐渐变得模糊，与此同时，火车也像融化了似的转眼不见了踪影。璐子他们自然而然地来到地面上。

　　四周也没见到铁轨。

　　现在璐子他们置身于森林之中。这是一片多么不可思议的森林啊。

　　"这就是种子森林吗？"

　　"是的。"

　　周围是深夜一样的黑暗。

　　像巨人的腿一样粗壮的树木高高地耸立在那里，透明珍珠色的树干由内向外放射出透明的光，仿佛一盏盏巨大静谧的灯，矗立在黑暗中。弯弯曲曲的树枝和乳白色的叶片在半空中重叠交错，与夜空一起构成复杂的纹样。

这里没下雨，但是树木根须纵横交错的地面却覆盖着一层水。整个森林宛如一片大水洼。有的地方闪着蓝光，有的地方呈现出葡萄皮般的暗紫色，其他地方则澄澈透明，不夹杂任何颜色。

"我觉得……"

璐子想要说一说自己的感受，但话到嘴边又咽了回去。任何话语在这里都像幽灵一样虚无缥缈。璐子仿佛置身于无比美妙的图画世界，如同迷途的羔羊般不知该去向何方。她感到一阵眩晕，却又觉得这里的景象似曾相识，好像很久以前来过一样。

"我们快去调查吧。"

星丸像是要去郊游似的，迈着轻快的脚步向前走去。森林一片寂静，星丸赤脚踩在地上的吧唧吧唧声大得让人不安。璐子缩着身子跟上去 ——无论如何，她也不愿一个人留下来。

如果仔细观察，就会发现森林中光滑的树干并非一直在发光，而是像平稳的脉搏般忽明忽暗。它们发光的根须浮在水中，描绘出奇妙的图案。

森林太大太安静了，没有一丝风，仿佛被黑暗包裹着进入了梦乡。这里也看不到任何生灵的踪迹，哪怕一只小虫也没有。只有踏着浅水前进的璐子和星丸的脚步声在空气中回荡。

说是调查，可怎么调查呢？璐子只知道这被黑暗和寂静笼罩的地方不是普通的森林。奇怪的是，这个万籁俱寂的地方，却让璐子有一种似曾相识的亲切感，好像很久以前曾经在这儿住过。

"喂，你这是在往哪里走啊？你认识路吗？"璐子不由自主地压低声音问道。

星丸满不在乎地回答：

"地上的路跟我们鸟类有什么关系！在种子森林，信步而行是最正确的方式。不过，这里可真安静啊。"

渐渐地，璐子有些害怕起来。他们会不会再也走不出这片森林了？玻璃火车已经消失了，该怎么回去呢？

突然，空气中传来一个奇怪的声音。那声音和璐子他们的脚步声完全不同，听起来像摇动玻璃风铃的声音，层层叠叠从远处传来。

"哦，在那边。"

说完，星丸立刻飞跑起来，全然不顾穿着雨鞋跑不快的璐子。璐子急忙跟了上去。

越往前声音越大。就像在召唤璐子他们似的，那声音变得越来越清晰，越来越澄澈，最终变成了细腻的音乐声。

"这就是我最想看的！"

星丸停下脚步，指着脚边拍了一下手。

传入耳中的声响像欢愉的私语，又像刚出壳的小鸟回想起蛋壳中发生过的神奇往事时发出的偷笑。

璐子上气不接下气地跟上来，低头看去。漂浮在树根旁边、紧紧依偎在一起的是……

"哇，好美啊！"

一颗颗五颜六色、宛如宝石般的颗粒正在水面上颤动，像聚成一团的小鱼，映着树干发出的光，闪着神秘而美丽的色彩。那清澈动人的音色，就是在这里奏响的。

璐子双手抱在胸前低头看着眼前的景象，不知不觉间屏住了呼吸。

温润的蓝、澄澈的紫、水汪汪的红、清凉的深绿……每一种都是极美的颜色。而且，它们还散发出一丝丝香甜的气息。

"这是什么呀？"璐子问道。

星丸眼睛瞪得溜圆，好像在说："你怎么能问出这样的问题？"

"还用问吗？这就是故事种子啊，是被遗忘的故事和梦想。"

星丸的语气让璐子有些不悦，但故事种子的美丽彻底打动了她。人类的思维和想法竟然如此不可思议。这么美的东西，竟然会被忘记……

"古本先生常抱怨有成色不好的种子，还会因此生气。但所有梦想和故事的种子我都喜欢。即使成色不好，它们也如此神秘、如此有趣。"

星丸环顾四周的森林说道。

璐子定睛一看，聚成一团的种子随处可见。每种都有着独特的奇妙与美丽。璐子觉得星丸说得没错。

"来，这个你拿着。"

星丸捞起一颗草莓果冻色的故事种子——抑或是被遗忘的梦想，璐子看不出它们有什么区别——递给璐子。璐子像接过一条活生生的金鱼一样，小心翼翼地用手捧住。

这种子像玻璃球一样小小的，呈果冻状，又像一颗水珠，微微颤动着，比在图书制作室看到的小很多，中心闪着微弱的光。璐子感到自己的双手好像都变得暖乎乎的了。

"它们在森林中流动，等到完全适应之后，就会开出花朵，流向古本先生的书店。不过，为什么要把它们制成书呢？我还是更喜欢它们现在的样子。"

听着星丸的话，璐子感觉手里的种子越来越热。她有些担心，仔细一看，种子突然啪地放出一道光，像烟花一样飞了出去。

"哇！"

那颗种子划出一道长长的尾巴，消失在夜空中。璐子不由得抬起头，呆呆地望着天，那样子有些滑稽，星丸忍不住笑了起来。

"刚才那个是被遗忘的梦想。梦想的种子和故事的种子不一样，不能被制成书。当有人想拥有梦想，或种子想成为某个人的梦想时，它就会那样自由地飞走，成为那个人的梦想。"

星丸不以为意地一边说，一边像捏一颗糖似的捏起一颗深绿色的种子。他不会是要把它给吃了吧？璐子有些担心地看着，突然，星丸皱起了眉头。

"什么呀，这种子被咬了一口！"

星丸说得没错，那颗种子上有一个小小的牙印。

"这里住着松鼠吗？"

璐子的话让星丸的表情越发严肃起来。

"怎么可能有松鼠！要说是那家伙的话，也不应该是这样的牙印……"

就在这时，璐子似乎听到一个微弱而颤抖的声音。

在这边……

璐子吓了一跳。这是人说话的声音吗？是谁？好像在哪里听到过。

就在璐子循声张望的瞬间，种子的音乐突然变得杂乱无章起来。星丸大吃一惊，忙抬起头来。

"看，它来了！嘿！想抓我，没门儿！"

完全不顾云里雾里的璐子，星丸兴奋地拍着手，又蹦又跳。

"啊，那是什么？"

哗啦哗啦，一个怪物正蹚着水，穿过树林，向这边走来。那是一个长着乌黑的长鼻子的四条腿野兽……究竟是什么？它硕大的身体跳跃着，直奔过来。

"喂，喂！我在这儿呢，这儿有好吃的！"

星丸翻了个筋斗，故意挑衅它。野兽眼看就要追上来了。

"哎，你要干什么？"

"没事没事，我每次到这儿来，它都会流着口水来抓我。可再怎么说，我会飞呀，它只会吧嗒吧嗒满地跑。"

璐子气呼呼地瞪着星丸得意扬扬的脸。

"我也不会飞。"

顿时，星丸的眼睛瞪得溜圆。

"哦，对了，我差点忘了。人类真麻烦啊！"

现在可不是发感慨的时候！野兽的小眼睛闪着光，猛冲过来。来不及了……

璐子不由得闭上眼睛，忽然，她感觉自己的身体飘了起来，不由得大吃一惊，忙睁开眼睛。

"哎呀！"

璐子发出一声尖叫，心脏都快跳出嗓子眼儿了。她的身体已经离开地面，正在不断上升。她在飞！

"别乱动，你怎么这么重？"

璐子循声看去，星丸的脸出现在眼前——是星丸在飞。他的身体还保持着人形，背部长出一双翅膀，正夹着璐子一起飞行。

"你不是小鸟吗？"

"我不是说过吗，我是与众不同的鸟！"

星丸哈哈大笑起来，嘴快要咧到后脑勺上去了。璐子只顾惊讶，都顾不上害怕和担心了。

眼睁睁看着快到嘴边的猎物跑掉，长鼻子怪兽一脸无奈，呆头呆脑的样子倒也看不出不甘心。它肚子周围有一圈白毛，好像绑了根腹带似的。

忽然，璐子看到它的背后似乎闪过一道银光。那耀眼的光束只晃动了短短的一瞬，就消失不见了。

那是什么？璐子正疑惑着，只见怪兽低下头，竟吃起故事种子来！

璐子情急之下大喊起来：

"哎呀，它在干什么？"

"没办法的。"

星丸一边拼命扇动翅膀，一边说。树枝从他们身边划过，发出噼里啪啦的声音。

"不管是谁，都得吃适合自己的东西才能活下去。那家伙叫梦貘。好了，现在最重要的是，你得赶紧想象出下雨的书店。你可真重啊。"

八　下午茶时间

璐子被星丸夹着，绷着脸拼命回忆着书店的样子，就这样一鼓作气地回到下雨的书店。

　　书签和书脊飞过来，各抓住璐子的一只手。

　　"你回来了，璐子妹妹。星丸不会又遇到危险了吧？说过多少遍了，你不能去种子森林。真拿你没办法……"

　　舞舞子蹙着眉，脸上写满担心。然而星丸丝毫没有反省之色。不仅如此，他还心满意足地搓了搓鼻子，笑了。

　　"别担心嘛。我就逗了逗梦貘那家伙。我可从没失过手。"

　　"是，你说得没错。你还可以顺便试试，看跳到它嘴里会怎样。"

　　"古本先生，您可真是的！星丸，有谁能保证总是平安无事呢？你要知道，远离危险是重要的智慧……"

话还没说完，舞舞子忽然停住了。她注意到璐子嘴角向下耷拉着，眼睛直盯着他们俩。刚才璐子明明也身陷危险之中，为什么大家都只关心星丸呢？

不知是不是看透了璐子的心思，舞舞子用手捂住嘴，扑哧一声笑了起来。

"璐子妹妹，你误会了。别那样一副表情好不好。不过，我必须向你道歉，我忘了跟你说梦貘的事。梦貘不会攻击人类，它只喜欢吃人类做的梦，而星丸刚好是人类的梦想。"

"啊？"璐子扬起一侧眉毛。

舞舞子见状，笑呵呵地对她说：

"星丸来自人类强烈的梦想。所以，有些人能看到他，甚至能摸到他。但对其他人来说，他根本不存在，就像幽灵一样。"

原来如此。所以他才会不厌其烦地说自己"与众不同"。

"对于住在种子森林里的梦貘来说，他就是无比美味的大餐。我们千叮咛万嘱咐，让他不要靠近梦貘，可他……"

舞舞子如此担心星丸的安危，星丸却伸出舌头做了个鬼脸。

"对不起，璐子妹妹，吓着你了吧？"

舞舞子流露出真诚的歉意。璐子调整了一下心情，脸上露出了笑容，以免舞舞子担心。

"不过说实话，我还挺开心的。我还是第一次在空中飞呢。对了，古本先生，您既然有翅膀，为什么不飞呢？"

古本先生有些生气，小翅膀在桌子上拍打了几下。

"飞到天上还能看书吗？别说傻话了！我们渡渡鸟进化成现在这样，目的只有一个，就是为了能安心看书！"

"好了，咱们还是快点享用下午茶吧！"

星丸说道。

咚！

古本先生又敲了一下桌子。眼镜险些滑落下来。

"先汇报一下种子森林的情况，再说那些没用的。"

舞舞子无奈地叹了口气说：

"您说得对。不过，推迟下午茶时间这么不合规矩的事我可做不出来。咱们一边喝茶一边听璐子妹妹的汇报吧。你说呢，璐子妹妹？"

哪里有反对的理由？璐子点了点头。

舞舞子动作娴熟地开始准备下午茶，看起来就像在变魔术。被书架包围的书店中央长出一个白蘑菇，以肉眼可见的速度长得又平又大，刚好可以当桌子用。

舞舞子将一张仿佛用夜空与繁星编织而成的轻软的发光桌布铺在蘑菇上面，四个茶杯、装有点心的碟子和小筐一眨眼就摆放完毕了。

舞舞子又向着天花板伸出手臂，像跳舞似的挥了挥手，头顶上方就出现一个半圆形的顶，挡住了雨水。确实，喝下午茶的时候，还是不下雨的好。最后，用来当椅子的蘑菇也咕嘟咕嘟冒了出来。下午茶就这样准备就绪了。

"来，大家都坐下吧。今天我可是用心做了点心哦，因为璐子妹妹来了嘛。"

斟在杯里的茶像夜幕下月光映照的海面，波光粼粼，深邃而透明。蜂蜜色的条纹在杯中形成旋涡。缓缓升起的热气中，闪着银粉一样细腻的光点。

"那么，请你来讲一讲，在种子森林发生了什么事？"

古本先生探身越过桌子，对璐子说。璐子喝了一口甘甜醇厚、有些刺激、带有魔法香气的茶，环顾大家。古本先生和舞舞子都睁大眼睛，注视着璐子。坐在桌子一角的书签和书脊也一脸紧张的神色，紧握着对方的手。

"我们发现，"璐子边说边摆弄着手指，努力克服紧张，

"故事的种子被什么给咬了。"

"什么?!"

古本先生猛然站起身来，把杯子都带翻了。茶水洒了出来，顺着桌布滴落到地上，很快被长满草的地面吸收了。

"不是梦貘咬的。要是那家伙，肯定会一口吞掉。"

星丸大口嚼着掺有星星一样发光颗粒的巧克力曲奇说道。

"到底是谁！不像话，实在太不像话了！应该抓住它，让它接受法律的制裁，再不能为非作歹！"

"好了好了，您冷静点。让璐子妹妹把话说完您再发表意见。璐子妹妹，你接着说。"

舞舞子一边给古本先生重新倒上茶一边说。

璐子点了点头。

"我们刚发现牙印，梦貘就出现了。当时，我好像看见梦貘背上驮着什么东西，但只有短短的一瞬，没太看清楚……就这些。"

不知为什么，璐子对那个隐约听到的细弱声音有些顾虑，所以没有提。而且星丸看起来也不知道那件事，或许只是璐子自己的错觉而已。

璐子说完后，除了星丸，大家都无心再吃点心了。

"古本先生，您怎么想？"

古本先生的表情就像要解一道全世界最难的题似的。

"嗯……果然是被咬过，是吧？那些被咬过的故事会成为无聊的书。这样一来，梦貘背上驮着的那个不明物应该与此事有关。但它究竟是谁呢？"

古本先生完全不理会茶点，托着下巴陷入沉思。

"不运用想象力就无法到达种子森林，对吧？因为星丸本身就是人类的梦想，所以他才能去。这么说，那个梦貘也是人类的梦想吗？"

"是的。'梦貘吞噬人类的梦境'是人类的想象，这种想象使得梦貘能够居住在种子森林。话说回来，故事种子变差的原因已经显而易见。接下来的问题就是，罪魁祸首究竟是谁……"

舞舞子托着脸颊，忽然露出一抹明朗的笑容，对璐子说道：

"璐子妹妹，真的谢谢你了。多亏你帮忙，我们才能发现解决问题的线索。你饿了吧，别客气，随便吃。"

被她这么一说，璐子感觉心中有点愧疚。自己当初答应古本先生的请求，既不是为了书店，也不是为了故事……

璐子感到心里凉冰冰的。这会儿，莎拉会不会在哭呢？也许哭得太伤心，喘不上气了……不，怎么会仅仅因为一个布丁就……但也不好说……

不过，尝了一口舞舞子做的点心，璐子心中立刻充满了甜蜜和温暖。那种美妙的滋味让所有的担心在口中融化掉了。

桌上摆满各种各样璐子不曾见过的点心——有小人形状的杏仁糖；有入口即化、上面浇着清澈透明的水果糖浆的白巧克力蛋糕；还有轻得从点心篮中飘起来的糖点心、星空般闪烁的巧克力曲奇、月亮般金光闪闪的奶油蛋挞……最为精巧的是用糖霜装饰而成的风格高雅的迷你蛋糕，上面摆着用糖做成的蝴蝶、金鱼和蓟花。

星丸自然不用说了，书签和书脊也大口吃着舞舞子为他们切成小块的点心，脸上洋溢着幸福。一边吃，舞舞子一边给璐子讲书签和书脊喜欢的"书签扑克"和"蒙眼猜书脊"游戏的规则。

大家都在尽情享用着无比美好的下午茶……除了满面愁容、脸朝向另一边的古本先生。

璐子拿起第二块蛋糕，蛋糕上有一只麦芽糖做成的蜗牛。说起蜗牛，被古本先生放在水晶球上的那只蜗牛怎么不见了呢？璐子不知为何忽然不安起来。

"舞舞子姐姐，蜗牛怎么不见了？"璐子小声说道。

舞舞子一边倒茶，一边四下看了看。她轻轻眨了眨眼，那双黄昏色的眼睛中闪出一丝狡黠的光。

"还真是呢，是不是又有什么新任务了？"

舞舞子笑眯眯地说，好像那只蜗牛有什么特别似的。

这时，璐子发现还少了一样东西。装有布丁和果冻的购物袋也不见了。

哪里去了呢？是被舞舞子给收起来了吗？还是……

璐子强迫自己将视线移回到点心上来。

丢了也没关系，不就是莎拉的布丁嘛……

一大桌子点心不知不觉间只剩下一点点了。突然，好像算好了时间似的，入口的门开了。

九 七宝屋老板

"哎呀，真是好雨啊。"话音未落，一个人走进来。

一看到来客，璐子惊讶得咕嘟一声把蜗牛糖咽了下去。

进来的是一只青蛙，身高大约到璐子的肩膀，双脚站立，身上穿着凉爽的竖条纹短和服，还披着一件帅气的深蓝色短外套。

"欢迎光临，七宝屋老板。"

舞舞子站起身，鬈发四周的珍珠色气泡晃动着。

"哦，你们在吃下午茶呀，还有吗？"

青蛙饶有兴致地看向桌子，舞舞子见状开心地点了点头，忙给青蛙让座。

"有，正好还有您的份。"

青蛙笑容满面地坐下，面前嗖的一下出现了新的茶杯。

"看来我来得正是时候。吃不到舞舞子女士做的点心，生活还有什么乐趣啊。"

"哎呀，您过奖了。"

璐子的目光无法离开这位怪模怪样的新客人。星丸却视若无睹，津津有味地吮着沾上奶油的手指。

"星丸，别来无恙啊？咦，这个小姑娘是你的朋友吗？"青蛙盯着两人问。

两人对视了一下。还没等他们回答，青蛙就往他那张大嘴里倒了一口茶。

"古本先生，古本先生！七宝屋老板来了！真是的，一思考起问题来就这样。"

被舞舞子推了一下后背，古本先生一哆嗦，回过神来，抬起他大大的鸟喙，这才注意到店里多了一位客人。

"哦，这不是七宝屋老板吗，失敬失敬！"

青蛙悠然自得地眯起眼睛，把最后一块奶油蛋挞整个儿吞了下去。

"生意如何呀，古本先生？"

古本先生用力推了推黄色的眼镜。

"哎呀，这个您还是别问了……不过，过不了多久，我

们下雨的书店就能恢复往日盛况！您瞧，这位可是人类的
孩子！"

他短小的翅膀指向璐子，璐子抿着嘴，直眨巴眼。

青蛙那双读不出情绪的眼中闪过一道光。

"您说什么？人类？这孩子不是鸟？您到底是从哪儿把
她给抓来的？"

他说话如此无礼，璐子张了张嘴刚要抗议，古本先生
啪的一声展开翅膀阻止道：

"在我们最需要的时候，她来了，为了拯救我们书店于
危机之中！这是来自远古群星的旨意。世界上最早的单细
胞生物早已经预测到……"

古本先生从蘑菇椅上站起来，挥动着翅膀，开始慷慨
激昂的演说。他扭动着大屁股，在桌子四周激动地走来走去。

可真是想说什么就说什么啊，一开始不是还说我是来
历不明的家伙吗？

璐子盯着古本先生，感觉心里好像有只刺猬在打滚。

"嗯，嗯，然后发现有个什么东西住在种子森林，把故
事的种子咬得乱七八糟……就是这样。"

青蛙十分镇定，有些感慨地交叉起双臂。

"问题是，它到底是谁，为什么要这样做？被那家伙糟蹋的种子，数量不少吧？"

"是啊。作案者有可能不止一个，我们的敌人也许有很多！"

"关键是怎样让它停止破坏行为。我们得抓住它，好好教训一顿。"

古本先生用尽全力跺了跺地面，但因为地面都是草，没有发出太大的声音。

"应该让它接受审判，接受法律的制裁，再也不敢做这样的坏事！"

璐子渐渐产生了一种不祥的预感。看来，仅仅做个调查回来汇报一下还不够啊，接下来恐怕又要让她……

青蛙绿色的脸上堆满了笑——除了笑，他还能有什么表情呢，璐子想——挥动着细长的手臂，劝古本先生冷静下来。

"好了好了，不管怎么说，已经找到了解决问题的线索。话说回来，我今天来是想买本书。"

书签和书脊立刻站起身来，好像已经待命多时。他们飘浮在青蛙面前，啪的一声将脚跟并齐。

“书签！”

“书脊！”

两人配合得如此默契，每次都让旁观者赞叹不已。青蛙满意地点了点头，对精灵们说："给我选一本侦探小说吧，要案情错综复杂，主人公历尽千难万险的那种。"

两个精灵深深鞠了一躬，然后披着羊皮斗篷向书架飞去。

"喂，"星丸凑到璐子耳边窃窃私语，"七宝屋老板每周来两次。不过，他可不是因为喜欢书才来的，他买书是为了回去偷偷吃掉探寻嗡嗡。"

这怎么可能？但看到七宝屋老板注视着书的眼神，璐子改变了想法。那副表情，俨然是发现了食物，正舔着嘴唇急不可耐的样子。

"就拿这个当书钱吧。"

七宝屋老板从袖兜里掏出荷包，倒出来一粒种子，递给舞舞子。那种子有杏仁大小，好像曾埋在沙金里一样，表面裹着一层亮粉。

"哇！沙漠桃的种子！好开心，我得赶紧把它种到花盆里。"

舞舞子的眼睛闪着光，像得到了宝贝似的，把种子攥在手心里。

"我呢，就是做这种生意的，从各地收集来各种稀奇古怪的玩意儿，用价值相当的物品来这里换雨书。"

七宝屋老板对一脸惊诧的璐子解释道。可是，被大青蛙那张读不出情绪的笑脸注视着，璐子更好奇了。

"哎呀！"

青蛙那张又黏又滑的绿脸突然认真起来。

"你需要买点东西。"

"啊？"璐子大吃一惊，不由得后退了一步。

七宝屋老板神秘莫测地直盯着璐子，好像要把她吞掉似的。说实话，这还是璐子有生以来第一次觉得青蛙瘆人。

"嗯，哈哈，我知道了。你需要雨衣！"

忽然，七宝屋老板噼啪拍了一下手，声音一点都不响亮。璐子完全不明白他在说什么。她抬起头向舞舞子投去求助的目光，舞舞子却将手指放在山葡萄色的嘴唇边，有些调皮地说：

"璐子妹妹，你不妨相信他一回。七宝屋老板总能看穿客人需要什么东西，然后卖给他。"

"可是，我有雨衣……"

话还没说完，璐子惊奇地睁大了眼睛。身上浅绿色雨衣的左肩上破了一个小口，一定是刚才在种子森林被星丸夹着飞行时，被树枝刮破的。

"看来你确实需要买一件新雨衣。"古本先生大大的喙一张一合，用力点了点头，"总不能让你穿着活动不便的衣服再次前往种子森林吧。"

十　店中店

下午茶过后，舞舞子和书签、书脊收拾桌子，他们一叠起桌布，茶杯和点心就像被施了魔法般全消失了。七宝屋老板从袖兜里掏出一个带有美丽花纹的纸盒，放在蘑菇桌上。真看不出他的袖兜里面能装进这么大一个盒子。

　　盒子是可爱的红色，盒盖上画着一群蝴蝶。

　　"七宝屋老板的店特别有意思。"

　　舞舞子说道。她的眼睛好像黄昏时分的最后一抹阳光，熠熠生辉。

　　她说的"店"是什么意思呢？

　　在大家的注视下，七宝屋老板慢条斯理地打开盒盖。璐子本以为里面放着一件叠好的雨衣，可眼前的情景让她不禁叫出了声。

盒子里还有一个盒子，是橘黄色的，上面画着菊花。这个盒子打开后，里面又出现一个更小的黄色盒子，盒盖上画有仙鹤的图案。再里面是绿色扇子图案的，然后是蓝色樱花雨图案的，接着是深蓝色翠竹图案的，最后是一个紫色手球图案的小盒子。

七宝屋老板将七个盒子在桌上一字排开，七种颜色的盒子整齐地排列着，美不胜收。

"这个我知道，是套匣工艺品吧。"

璐子话音刚落，七宝屋老板意味深长地微微一笑。

"你要买身上穿的，请到蝴蝶盒里来。"七宝屋老板将最大的红色盒子向前推了推。

他到底在说什么呀？璐子歪着头，百思不得其解。就在这时……

"欢迎光临！"

青蛙在她眼前搓了搓手，周围的景象不再是下雨的书店了。

"啊？啊！"

璐子惊奇地环顾四周，她已经身处在一家完全陌生的店里，四周墙上挂着各式各样的衣服。有红色的和服，有满天星色的礼服裙，还有小丑穿的那种镶嵌着亮片的衣服。墙上方的架子上摆放着高筒礼帽、尖头帽、童帽，甚至还有厨师帽。

脚下是红色木地板，没看到商店的出入口。

"你看，舞舞子姐姐说得没错吧？"

耳边突然响起了说话声，惊得璐子跳了起来。她扭头一看，肩膀上停着一只青鸟，额上有一个白色星星的图案。

"星丸！你能不能别吓我！这是怎么回事啊？"

"这就是七宝屋老板的商店呀，璐子妹妹。"

震耳欲聋的声音从上方传来，璐子抬头一看——啊！这是怎么了？从没有天花板也没有房顶的商店上方，露出巨人一样的书签和书脊，还有像天一样巨大的舞舞子的脸，他们正在俯视自己！

"好了好了，小姑娘，别目瞪口呆了。来看看雨衣吧。"

一只冰凉潮湿的手从背后推了璐子一把。璐子仿佛被带到了另一颗行星，茫然地被推着向墙边走去。

昏暗的墙角放着一面高高的穿衣镜，璐子被带到镜子前。镜子镶着生了锈的金边，从深处发出一种不可思议的光。镜中，肩头的星丸飞快地扇动着翅膀。

镜子旁挂着多得数不清的雨衣。

"先把你的雨衣脱下来,我帮你保管着。你穿什么颜色好呢?黄色不适合,烈焰披风也不对。"

七宝屋老板一边说,一边把挂在墙壁上的雨衣逐一拿下来又挂上去。有幼儿园小朋友穿的金丝雀黄雨衣,有不知为何在滴滴答答滴水的紫色外衣,还有看上去像是从下摆长出两条腿的蓑衣,以及用通红的火焰做成的斗篷……每一件璐子都不想穿。

"嗯,其实雨衣破了也没事。反正我的头发也已经湿了……"

而且,身上这件雨衣是璐子最喜欢的一件——但是,还没等她说完,七宝屋老板呱地大叫一声。

"这个这个,这个好!蝙蝠防雨斗篷。嗯,颜色有点单调,但挺适合年轻人的。我向你推荐这件。"

他拿下来的是一件纯黑色的雨衣,下摆像蝙蝠的翅膀一样呈锯齿状。

"呵呵呵,像个小魔女。"

星丸站在穿黑色雨衣的璐子的头上,笑着说。镜子里的璐子一脸不高兴,目光中似乎带着刺,丝毫不输给斗篷上的锯齿。

"璐子妹妹，你穿这件特别可爱。黑色看上去既坚毅又神秘。那件绿色雨衣，我会帮你补好的。"

舞舞子在璐子头顶上方说。

璐子噘着嘴，不情愿地接受了这件雨衣。

头发湿了擦擦就行，可要是衣服淋湿了，回家妈妈就该生气了……

回家？璐子的心里咯噔一声。

就算现在回去，也没用了不是吗……早就过了吃零食的时间。

是的，已经过了吃零食的时间，莎拉没能吃到布丁，购物袋也不知道哪里去了。

而璐子却和星丸、舞舞子、精灵们、古本先生，还有中途加入的七宝屋老板一起吃了那么好吃的点心。

下雨的书店外面现在怎么样了呢？莎拉在干什么呢？

璐子向镜子里的自己投去询问的目光。

为什么总是在想莎拉？

璐子对总在想这些事的自己有些生气，与镜中的自己四目相对。

好像要打断璐子郁郁不快的万千思绪似的，七宝屋老板说道：

"嗯，正合适。请支付吧。"

璐子吃了一惊。

"我只有买东西找回来的零钱。"

兜里哗啦哗啦响的，只有几个硬币。七宝屋老板那双神秘的眼睛忽然眯了起来。

"不，不。我不收人类的钱。那种钱啊，说到底只能在狭小的世界中使用。我想要的，是你的未来。"

他细长的眼睛里闪过一道难以捉摸的光，璐子后背一阵发冷。

"未……未来？"

璐子向后退了一步，眼睛瞪得溜圆。这时，一个焦急的声音传了过来。

"哎，我说，七宝屋老弟，你就别卖关子了。人类啊，个个都反应迟钝，理解力差得很呢。"

"好，好，我明白。小姑娘，请到这里来。"

说着，七宝屋老板拿起镜子下方放着的一个不起眼的坛子。

"那我就收下你没穿蝙蝠雨衣的未来了。"

璐子不安地皱起眉头，瞪着那个坛子。

"这是什么呀？"

"你还真是反应迟钝啊！"

头顶传来古本先生的声音。

"放心吧，小姑娘，你已经不需要这个未来了，因为你已经穿上蝙蝠雨衣了。"

"等……等一下……"

璐子继续后退，想尽量远离七宝屋老板，用已经乱作一团的大脑努力思考着。

因为穿上了这件雨衣而不再需要的未来……也就是说，如果不穿这件雨衣，那个未来就是需要的。如果不买这件雨衣……

是的，如果不穿它，我说不定可以回家。而且说不定现在立刻就能回去。

想到这儿，璐子咬了咬嘴唇。

现在立刻逃离这个莫名其妙的地方，回家。

可是，我还有资格回家吗？给妹妹买的布丁没能赶在吃零食的时间带回家，吃不到布丁，莎拉肯定会大哭一场，还有……

璐子感觉自己的心像是被掏空了一样，低下头说不出话来。

"你不再需要的未来，在我的店里还能派上用场。所谓未来，也就是可能性。说不定能换来更稀罕的物品，也许还能发现某个地方藏着更神奇的东西。就是这么回事。"

七宝屋老板的说明让璐子更不安起来。可七宝屋老板却毫不在意。他打开盖子，将坛口对准璐子。坛子里黑漆漆的，仿佛装着无尽的黑暗。忽然，一条透明的带状物被吸了进去。那不知来自何方的长长的带子，像一股不受任何阻挡的水流，嗖的一下被吸入黑漆漆的坛中，消失了。

璐子呆呆地站在那里，心里的空洞越来越大。事情已经发生，再也无法挽回了。

"嗝，果然是年轻人的未来，这么鲜活。"

七宝屋老板一边给坛子盖紧盖子，一边点着头赞叹不已。

"这样的话，只给一件蝙蝠雨衣有些亏待你了。买家和卖家各取所需、互不相欠，才是做生意的正道。我再送你个赠品吧。"

说着，七宝屋老板一把抓起璐子的手，直接把她拽走了。

璐子觉得自己好像掉进了万花筒中，四周的景色瞬息万变。刚刚穿过一间形状千奇百怪、颜色五彩缤纷的餐具店，紧接着就进入到陈列着坛坛罐罐等陶瓷器具的工艺品店……这里连门都没有，不知是怎么进来的……还有各色宝石、扇子琳琅满目，令人头晕目眩的商店；散发着各种醉人香气的化妆品店；卖钢笔、记事本、烟斗、放大镜的商店；最后是一个架子上摆满玩具的不起眼的小店。

　　从多得数不清的商品之间一路飞奔过来，璐子感到一阵眩晕。潮湿的艳紫色地面像波浪般起伏着。

　　星丸兴奋地飞来飞去，挨个儿看架子上的玩具。

　　"这个帆船挺好。你看，它还能浮在水上。嗨，船长在挥手呢。"

　　璐子有点头晕，根本没有心情看玩具。

　　七宝屋老板从无数件玩具当中毫不犹豫地选出来一个。

　　"你最需要的赠品就是它。"

　　一只桃红色海螺壳做成的蜗牛被递到璐子手中。

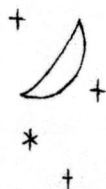

十一　《月神赋》

也不知道究竟是怎么从七宝屋里出来的。总之，璐子身穿乌黑的蝙蝠雨衣，手里拿着蜗牛玩具，又站在了下雨的书店里了。

"呀，今天可真是做了一笔好生意。"

七宝屋老板一脸灿烂的笑容，或者该说是黏糊糊的笑容，开始收拾起套匣来。往第一个蝴蝶盒子里依次装入另外六个盒子后，七宝屋老板把套匣放回外套袖兜里。

"七宝屋老板。"舞舞子叫住他，"您能不能给璐子一个在种子森林能派上用场的东西啊？我们完全没有预料到会有人破坏故事种子。希望璐子别遇到什么危险。"

七宝屋老板神秘莫测地盯着璐子看了一会儿，然后轻轻点了点头，笑着说：

"不，不用了。再没有什么她需要的东西了。从一开始，这个小姑娘身边就有一个得力助手。"

"您是在说我吗？"

星丸在璐子头上展开翅膀，可是七宝屋老板却摇了摇头。

"别着急，很快就会明白的。蝙蝠雨衣应该也能发挥一定的作用。那么，小姑娘，下雨的书店就拜托你了。没有探寻嗡嗡的书，根本就不能叫书。"

七宝屋老板夹着一本雨书回去了。看着啪嗒一声轻轻关上的小门，璐子好久没有说话。过了一会儿，她抬起头，目光直直地看着古本先生和舞舞子说：

"那，我再去一次吧。"

"好，拜托了！"

古本先生满怀期待地点了点头，舞舞子则是一副忧心忡忡的模样。

"璐子妹妹，你没事吧？脸色看起来不太好……是啊，要跟毁掉故事种子的坏人见面，肯定会害怕的。万万没想到森林里竟然有这样的东西。怎么办呢？这么危险，怎么能让璐子妹妹去呢？"

"舞舞子，你难道不相信七宝屋老板的话吗？"

古本先生的额头皱起几道深纹，舞舞子有些为难地托住脸颊。

"那倒不是，只不过……"

"我才不害怕呢。"

璐子大声说道，所有人都看向她。璐子没想到自己能发出这么强有力的声音，心里吓了一跳。然而，从她嘴里说出来的，的确是清楚响亮、掷地有声的话语。

"我自己也想去，舞舞子姐姐。我要去对付那个咬坏故事种子的家伙。"璐子斩钉截铁地说。

舞舞子扬起弓形的眉毛，黄昏色的眼睛更圆了。

"可是，璐子妹妹……"

"我跟她一起去！"星丸起劲儿地拍打着翅膀来回飞舞，"有我在，不管对方是何方神圣，都不在话下。"

"星丸，这次行动对你来说也一样危险。"

舞舞子白皙的额头上皱起几道浅纹，叹了一口气。星丸叽叽喳喳叫着，停在正渐渐萎缩的蘑菇桌上。

"所以呢？要让一个女孩独自去冒险吗？没关系，我陪她去的话，万一遇到危险还可以带着她飞。虽然她挺重的，带着她飞不了太久。"

不管有没有星丸的陪伴，璐子的想法都不会改变，她无论如何都要去种子森林。因为璐子明白，除此之外，她别无选择。璐子在雨衣袖子里攥紧了拳头，好像要堵住心中那个黑暗的空洞。

"而且，有我陪着的话，说不定就能事事顺利哦。因为青鸟是非常吉祥的鸟，你们看，这儿还有一颗充满希望的启明星。"

星丸翻了一个筋斗，古本先生不屑地吧嗒了一下嘴。

"哼！那不过是人世间流传的说法。在鸟类世界，这种迷信根本行不通。"

古本先生瞥了一眼璐子，又若有所思地说：

"不过说的也是，赤手空拳地去了，万一遇到危险……这些也不得不考虑。舞舞子，你去把那个拿来，姑且可以保障安全。"

"好，这就去拿。"

舞舞子点了点头，但表情依然很忧虑。

"书签！书脊！"她拍了拍手，呼唤两个精灵过来，"去把《月神赋》拿来。"

书签和书脊可爱的脸上浮现出紧张之色，手指并拢举到额头敬了个礼。他们飞到最里面书架的最上层，那里被一片黯淡的光线笼罩，好像挡着一层保守秘密的帷幔。精灵们表情肃穆地从书架上抽出一本书，送了过来。

"这是……"

舞舞子递过来的这本书，跟其他雨书都不一样，封面像石头一样坚硬，摸起来像磨砂玻璃。书呈银灰色，但没有看起来那么重。

"这就是《月神赋》。"古本先生严肃地说，"这本书极其特殊。它的故事种子是由它的创作者亲自带到我们书店的，比我们所知道的任何一个种子都复杂，蕴藏着更深刻的智慧，兼具纯粹的颜色与外形。我正是看中这一点，才对它格外呵护，用沐浴过月光的雨水将它培育而成。"

"这本书有增强人类想象力的作用。记住，在种子森林里，最有用的就是想象力。当你遇到危险的时候就打开这本书。这是我们书店的镇店之宝，这次破例借给你用。"

然后，古本先生好像在向天空诉说一般，向上举起一侧的翅膀，闭上眼睛。

"各位，请听我说，下面这些话非常重要。月亮掌管着水、时间和生命的轮回。更重要的是，它是掌管着想象力的天体。有研究表明，将人类已经忘记的梦想和故事运送到种子森林的，也是月亮的力量。我有一个猜想，承载种子的那些花，会不会也是月亮的一种形态？不久的将来，这应该能够得到证实。

"我着眼于月亮的神秘性和它与想象力的密切关系，运用古代德鲁依之术……"

这时，舞舞子用虽然小但能清楚听到的声音清了清嗓子。古本先生的长篇大论很可惜地被打断了，至少在他自己看来是这样。

古本先生有些不悦，拍打了几下翅膀，严肃的目光透过黄色镜片投向璐子。

"总之，月亮是人想象力的源泉。只要有这《月神赋》在手，你在种子森林可以说所向无敌！我们书店的生死存亡就全看你了。"

"璐子妹妹，你要当心啊。一旦有什么事就立刻回来。"

璐子注视着手里的那本书，没有打开它。不到万不得已，不必打开，璐子心想。书的封面散发着微光，好像在用深邃的目光看着璐子。

璐子把书夹在腋下，抬起头依次看了看古本先生和舞舞子。

"那我走了。"

她将视线投向从天花板垂下来的薰衣草色的鲸鱼。不知何时，鲸鱼竟喷出透明的海水。璐子已经掌握了运用想象力的技巧。

"快游起来！"

她像念咒语般说道。

转眼间，她的身影从下雨的书店消失了。

十二　梦见星丸的人

四周是一片蔚蓝的大海。不，有云层在涌动，群星在眨眼，而且还能呼吸，所以应该是在天空中吧。无论是触手可及的身旁，还是相隔遥远的下方，都有无数星星如海萤般闪烁着，一条鲸鱼在其间悠然前行。

头顶上方挂着一弯皎洁的新月，将一片柔和的清辉洒向世间万物。

璐子抱着膝盖，坐在鲸鱼软软的背上。

"星丸，你也跟来了呀？"

璐子的身边坐着一个蓝衣男孩。

"没想到你进步挺快呀，这可比上次的火车强太多了。"

星丸坐在鲸鱼背上伸开双腿，仰起头闻着四周的气味。

"这样吧，我来当诱饵，先把梦貘引出来。然后，再怎么对付它背上驮着的那个家伙呢？"

星丸宛若一名踏上冒险之旅的船员，脸上放着光。璐子竟无法直视他那张神采飞扬的脸。

"我不知道。"

璐子的回答让星丸有些惊诧，他不由得瞪大了眼睛。

"为什么不知道？你这么说，那还去种子森林干什么？不冒险怎么行？"

鲸鱼噗噗噗地喷出一串像肥皂泡一样的水泡。在月光的映照下，泡泡发出梦幻般的光彩。

"你说要对付它，可我连它到底是什么都不知道。"

"那还用说吗？它肯定是破坏故事种子的坏蛋，而即将迎战它的是长空霸主星丸！"

星丸啪嗒啪嗒扑腾着双腿，璐子无奈地说：

"好了好了，如果讲道理行不通的话，我会直接抓它。不过，还不知道它会不会说话呢。"

璐子运用想象力，又召唤来了水母和飞鱼。飞鱼身上泛着蓝光，奋力一跃竟超过了月亮，水母远远地飘浮在他们脚下的群星之间。

"你怎么突然不高兴了？那么不喜欢这件蝙蝠雨衣吗？

我觉得还挺适合你的。"

星丸一边说，一边入迷地看着飞鱼的杂技表演。

"我已经决定不回家了。"

璐子抱紧双腿，膝盖上那本《月神赋》顶着她的胸口，感觉凉凉的。

"你打算怎么办？"

星丸盘起腿，直盯着璐子。

"不知道，我……什么也不知道。"

璐子的眼泪都要流出来了，她使劲儿咬住嘴唇。星丸眼中流露出不知所措的神色，璐子见状，强迫自己平静下来，深吸了一口气，仰头说道：

"那我干脆在古本先生的店里帮忙吧。"

星丸咧开嘴笑了。

"这个主意好！那样就能每天都吃到舞舞子姐姐做的点心了。就是古本先生有点烦人。"

星丸语气轻快，璐子心里却一阵凄凉，好像有个伤口在向外渗血。

鲸鱼第二次喷水时，璐子叹了一口气。

"星丸，你住在哪儿？"

被璐子这么一问，星丸得意扬扬地哼了一声。

"我每天都住在不同的地方。既能住在种子森林，也能住在人的梦里。我是探险家，才不会被束缚在同一个地方呢！"

探险家会掐着时间来吃下午茶吗？

璐子心里想着，但没说出口。

"星丸，你不是和幽灵差不多吗？为什么你能吃东西，我们也能摸得到你呢？"

星丸像小鸟一样——虽然他本来就是一只鸟——歪着头说道：

"嗯，怎么说呢？幽灵就不能喝茶、吃点心吗？那多可怜啊。"

璐子也没见过幽灵，所以不知道该怎么回答，于是她换了一个话题。

"星丸，你住在下雨的书店不就好了吗？"

是啊，那样的话，就可以每天跟大家一起喝茶，跟书签和书脊玩儿……

星丸单腿站起来，两手像翅膀一样张开，保持着平衡。璐子很担心他掉下去，可星丸完全不顾璐子的担心，说道：

"我云游四方，是在找人。"

"找谁？"

璐子诧异地皱起了眉，星丸的脸上却露出些许羞涩的笑容。

"我在找梦见我的那个人。他一定非常不幸，渴望朋友，渴望幸福的青鸟，想得到充满希望的启明星。"

"他可真贪心。"

"听舞舞子姐姐说，被人梦到的话就能出现在做梦人的面前。可是我还不知道梦到我的是什么人，也不知道他在哪里。据说能像感知气味一样感知到做梦的人，可是我感觉不到。所以，我一直在寻找。"

璐子目不斜视地看着前方，心想，也许那个人已经不在了。就像一只迷路的小猫，主人搬家或是死了的话，它就无家可归了。也许星丸已经被遗忘了……

"对方一定也在等我。"像是看穿了璐子的心思，星丸坚定地说，"因为如果他把我忘了，我就只能住在种子森林了。"

听到这儿，璐子恍然大悟。

如果梦见星丸的人把他忘了……种子森林确实是个神

秘而美丽的地方，但要是让星丸这样的男孩独自生活在那里，可真是太寂寞了。

"是吗？那，希望你能找到。"

璐子的身体缩成一团，轻声说道。她心想，如果找到了那个人，是不是就再也见不到星丸了呢？那个人一定会独占星丸，完全不顾及璐子。

那么一个贪婪的窝囊废，星丸还能说得这么兴高采烈，他可真够傻的。璐子又一次咬紧了嘴唇。

"再不理你了，破星丸。"璐子在心里默默地说。

宛如海萤的群星缓缓涌动起来。鲸鱼乘着气流快速下降，种子森林已经到达。

十三　白影

种子森林依然漆黑一片，空气清新，万籁俱寂。

薰衣草颜色的鲸鱼消失了，璐子站在森林中浸满水的地面上。

就像无声的波纹缓缓荡开一般，一阵不可名状的战栗掠过璐子的身体。璐子忽然感觉好像有人在看自己，她转过头去。然而，浮现在眼前的只有一棵棵透明的大树。

"接下来咱们该怎么做？"

璐子转头对星丸说，但紧接着她就打了一个寒战，甚至忘了呼吸。

身边一个人也没有。

明明刚才还跟自己在一起的星丸，竟然不见了。

"星丸？"

璐子对着空气大声叫道，可是空气中除了风声，什么也没有。璐子的声音瞬间消失在黑暗中，没有回音。

为什么？

从脚下升起的恐惧袭击了璐子，那恐惧感逐渐变得透明，浸入璐子的体内。

"星丸，你是不是藏起来了？快别闹了！"

可是依然没有任何回应。璐子抬起头，一片静谧之中，珍珠色的树枝与黑暗的夜空编织出各种纹样，却看不到蓝色小鸟的身影。

璐子成了孤零零的一个人。

要镇静！

为什么会走散？璐子绞尽脑汁寻找所有可能的理由。星丸觉得好玩，故意藏起来了？到达森林之前，从鲸鱼背上掉下去了？被梦貘吃了？不会的，怎么可能！还是……璐子使劲儿摇了摇头。光在这儿想有什么用啊，得赶快去找星丸。

璐子调整着呼吸，努力让自己平静下来，然后抱起古本先生借给她的那本书，迈步向前走去。

与上次跟星丸一起来的时候相比，种子森林显得更大、更冷漠了。璐子感觉自己如蝼蚁般渺小，又像一粒尘埃，无依无靠。

"星丸，你在哪儿？快出来呀！"

每发出一声呼喊，璐子都觉得肚子里有一阵凉冰冰的颤抖。一棵棵大树发出忽明忽暗的光，好像跳动的脉搏，又像是冰冷坚硬的玻璃。璐子得不到任何回应。

是不是该打开这本书了……

璐子注视着《月神赋》的银色封面。对，他们说过的，遇到什么困难，就打开这本书。现在发生的正是最让人为难的事。虽然不知道书能起什么作用……

璐子正要打开凉凉的封面，远处忽然传来虚无缥缈的音乐声。璐子的心脏怦地猛跳了一下。那是故事种子演奏的音乐！

璐子重新把书夹在腋下，向声音发出的方向跑了起来。到那里去说不定能找到星丸！璐子拼尽全力向前飞奔，水飞溅到雨鞋里也毫不在意。

树根周围闪着五颜六色的光，欢快的音乐声不绝于耳。然而，璐子的感受却与上次跟星丸一起来时截然不同。

一朵朵极光色的花像是用玻璃纸做成的，各自托着故事种子盛开在水面上，宛如微微发光的花海……却没有星丸的身影。

璐子跑得上气不接下气，望着眼前的情景，不知应该失望，还是陶醉其中。

花没有茎，静静地漂浮在清澈的水面上。花心里颤抖的种子比第一次在种子森林看到时大了一些，也更圆润了。就是这些花，被下雨的书店图书制作室的雨和光所吸引，流到那里去。

这时，璐子隐隐约约听到一种与种子们演奏的音乐不同的声音。她有些惊诧地抬起头，看见有个人走在对面那片花海中。不，他是在飞吗？像一个略带人形的气球，软绵绵地飘浮在空中。

"喂，是谁在那儿？"

璐子对着白影大声喊道。那个白影吓了一跳，转身看过来，紧接着，像从瓶口弹出的软木塞一样以惊人的速度向这边移动。璐子不得不承认，他确实是在飞。

"人！你是人吗？"

"是……是啊。"

璐子不由得后退了几步，因为来到眼前的生物怎么看也不像是个人。他浑身上下都是像蜡一样的青白色，还有些透明，就像是用一张极柔软的塑料床单从头到脚蒙下来一样，只不过床单里面并没有身体。他的下半身好像水母的裙边，微微浮在被水覆盖的森林地面上。

"你有没有见到梦貘啊？"

他那两只发着白光的眼睛聚在一起，向一脸茫然的璐子询问道。

"梦……梦貘？"

"对，就是梦貘！怎么回事，我竟然把它给看丢了……也不知道它在哪里祸害故事种子呢……"

他发出呻吟似的声音，抬起软绵绵的胳膊抱住了头。

"那个……嗯……你，莫非是幽灵？"

璐子小心翼翼地问道，对方猛地抬起头来。

"对，是的。我辈是幽灵。不过，在是幽灵之前……"

璐子不知该怎么应对眼前的状况。毫不掩饰自己真实身份的幽灵，让人毫无恐惧感。

"我辈是作家！"

说着，幽灵把一摞青白色的纸和一支透明的棒状物拿给璐子看——是稿纸和铅笔。璐子的注意力都在幽灵身上，压根没注意到他拿着什么东西。

"这是我正在写的新作品，估计会成为一部超级巨作。"

幽灵为了让璐子读自己的稿子，把纸举到她眼前。可是，璐子看到的却是一个字也没有的崭新的稿纸。璐子觉得很奇怪，但立刻就恍然大悟了。怎么可能写得出来？那支铅笔就像玻璃棒一样，是完全透明的。难道幽灵没发觉吗？

"你在这里干什么？"

"我辈在此写书。这里很安静，是个好地方，还有音乐。"

"我问的不是这个……"

璐子话音一落，幽灵苍白的脸突然间僵住了。

"对了！我辈必须去找梦貘！那家伙到底去哪儿了？"

幽灵就像水母一样，一会儿跳到那边，一会儿落到这边，四处游荡。

"那家伙把聚集到这里的故事种子都吃了。太不像话了！我辈作为作家，必须阻止它。"

听到这里，璐子有些放心了。她刚才还在怀疑这个幽灵是不是咬坏种子的罪魁祸首。

"我在找星丸……哦，在找我的朋友。说不定他和梦貘在一起，我和你一起找吧。"

幽灵的脸一下子发出光来，不过也只是青白色的脸变得更苍白而已。

"真的吗？那可帮了大忙了！那咱们走吧。不过怎么找呢？那家伙总是去故事种子聚集的地方，可森林里到处都是种子呀。"

璐子没回答，却噗地笑出声来。

"你笑什么？这可是个严肃的问题。"

"我……我知道。"

璐子忍不住又笑了几声。

"……不是，我的脚好痒啊……"

好像有人在挠她的脚心。璐子明明穿着雨鞋啊，难道是雨鞋里有什么东西？

璐子拼命忍住笑，把雨鞋脱了下来。

啪嗒——

从雨鞋里滚出一个什么东西，掉进了水里。璐子啊地大叫一声。

"蜗牛！"

没错，就是璐子抓来的那只蜗牛。还以为它在下雨的书店丢了呢，竟然藏在这儿！

璐子连忙把花往两边拨开，从水里捞出蜗牛。蜗牛左右晃动着触角，看起来好像在向璐子发信号。

　　不可思议的是，璐子又像在图书馆的书架迷宫时一样，似乎明白蜗牛在说什么。

　　"你知道梦貘在哪儿吗？"

　　蜗牛纤细的触角晃了几下，好像在点头。然后，它在璐子手上转了个身，触角直直地指向某个方向。

　　"能相信它吗？"

　　幽灵有些不安地注视着蜗牛。

　　"嗯。"

　　璐子点了点头。七宝屋老板说的得力助手，也许……不，一定就是这只蜗牛。

　　"走吧。"

十四　灵感

蜗牛趴在璐子手上，伸长了触角，活像个指南针。璐子他们一旦偏离方向，蜗牛便迅速改变触角的朝向，让他们调整路线。

不要慌，不要慌，没问题的。

璐子一边念叨，一边朝蜗牛指示的方向走去。蜗牛的肚子贴在璐子的手上，明明是凉凉的，却让璐子感到一种深受鼓舞的温暖。璐子相信，星丸一定会平安无事的。

"哎，你也出现在哪个人的梦中了吗？"

璐子一边小心翼翼地往前走，注意不弄翻托着故事种子的花，一边问幽灵。幽灵在空中飘浮，没有这种担心，悠然自得地回答：

"出现在梦中？什么意思？我辈一直在追赶嗖的一下飞

走了的东西，它对我来说非常重要。"

"飞走了的东西？"

璐子眨了眨眼睛，幽灵的眼睛有些湿润，他对璐子用力点了点头。

"是的，非常重要。"

璐子想也许这是幽灵的秘密，于是她换了一个问题。

"你叫什么名字？"

"嗯，叫什么呢？我们幽灵啊，不怎么在乎名字，因为死了之后就无须语言来交流了。不过，你是活着的人，还是需要一个名字用来称呼我。"

幽灵好像在思考似的，在空中翻了一个筋斗，也不知道是着急还是悠闲。

"嗯，有了！我辈的名字叫灵感！因为我总能天才般闪现灵感，所以就叫灵感！"

璐子不知该说什么好，但看到幽灵开心的笑脸，觉得他一点也不讨人厌。

"明白了，灵感。我叫璐子。"

"欸，我还以为你的名字能特别些呢。像萨萨卡呀，莎拉拉呀什么的。"

幽灵只是向她瞥了一眼就说出这种话来，璐子有点生气，瞪着他问："为什么？"

"没什么，只是有那种感觉。"

幽灵好像没注意到璐子的目光，咻咻地吹着口哨。

璐子哼了一声，将视线从幽灵身上移开。莎拉拉？好像莎拉的名字似的，怎么可能适合我……

这边……

璐子一下子停住了脚步。

"怎么了？"

幽灵不解地眨着眼睛问。

"嘘，别出声。"

在这边，快来……

又听到了。一个声音好像在远处呼唤璐子似的，和第一次来种子森林时听到的一模一样。这个声音璐子在种子森林以外的某个地方听到过。

模模糊糊的记忆眼看就要清晰起来，就在这时，幽灵对璐子说：

"怎么了？也没什么特别的呀。"

就像烛火被吹灭了似的，那个声音消失不见了。璐子摇了摇头，叹了一口气。

"没什么。"

就连幽灵都没听到，看来是自己的错觉吧。可是，为什么那个声音能那么真切地直击内心深处呢？

璐子重新调整了一下心情，接着赶路。

"我说，"幽灵向璐子靠近了一点，问道，"你看书吗？你知不知道有一本书叫《拓泰京通博士的肥皂泡逻辑》？"

璐子眨巴了几下眼睛，摇了摇头。

"不……不知道。"

"是吗……"

幽灵有些沮丧，噘起了嘴。但很快他又抬起头，越发靠近璐子，猛地睁大眼睛问道：

"那么，《狼狈的散步》呢？《吸血伯爵的大蒜食谱》呢？"

"……呃，不知道。"

幽灵眼睛眨都不眨地注视着璐子，璐子不由得向后退了退。幽灵为什么突然像打了鸡血一样？

"《两个三轮车司机和百人部队》，这本呢？"

"这本书我知道，我读过。"璐子点了点头。

幽灵眼睛瞪得眼珠子都要掉下来了。

"那怎么样？好玩吗？"

幽灵说自己是作家，所以肯定特别喜欢书。看来他知道很多璐子连听都没听说过的晦涩奇妙的书。

璐子沉默了一会儿，回忆了一下那本书的内容，然后说道：

"不好玩。三轮车司机被百人部队追赶，最后从世界尽头坠落，怎么能有这样的结局呢？要是我的话，才不会这么写。也许会更加……"

说到这儿，璐子停住了。要是我的话，会怎么写？璐子明明从来都没写过故事。

璐子觉得这感觉好像自己被钓鱼钩钩住，正在一点一点被往上钓似的，很奇怪。

身旁的幽灵不知何时脸色变得苍白，低下了头。璐子心里一颤，战战兢兢地看了看幽灵。

"怎么了？你不舒服吗？"

幽灵的脸就好像连坐了好几个小时的过山车一样，苍白得吓人，眼珠像石头一样一动不动。

他就用那样一张脸僵硬地转向璐子——再没有比这样更像幽灵的了，璐子感到后背一阵发凉——勉强挤出一点笑容问道：

"那……这本书你听说过吗，《大洋彼岸的哈尔巴尔卡》？"

璐子话都快说不出来了，她微微摇了摇头。

"没……没听说过。"

"是吗……这样啊……那么……"

幽灵嘴里嘟囔着又低下了头，突然，他用一种瘆人的开朗表情，语气坚定地说：

"这部作品一定还没问世呢！"

璐子一点也听不懂他在说什么，一脸茫然。但是，幽灵却好像心情一下子好了起来，就连飞行的方式看起来都充满喜悦。

"喂，活着是什么感觉？我辈已经死了很长时间，早已经忘了。"

他连这种问题都问。

"……不知道……大概就是，肚子会饿，流血了会痛……还有，困了、累了会觉得身体很重。"

"哦。"

幽灵好像要把这些作为参考似的，在稿纸的边上记录起来——当然是用透明的文字。

"不过，肚子饿呀口渴呀什么的，我辈也能感觉到，作为一个作家。"

幽灵有点自豪地笑着说。

"是吗，怎么感觉呢？"

一瞬之后，璐子就为自己提出了这个问题感到深深的后悔。

"就像这样！"

幽灵大声尖叫着，一把捞起脚边的一朵花，咔嚓一口咬了上去！

水花四溅，璐子连连后退。

"我想要的故事，找啊找啊，怎么也找不到，这个不是！"

幽灵把咬过的种子随手扔进水里。璐子被这一幕惊得心都抽紧了，一句话也说不出来。

"我辈的种子,这儿也没有,那儿也没有,哪儿都没有!"

幽灵大声尖叫着,圆圆的眼睛里透出凶恶的光,表情僵硬,脸色铁青,冷冰冰的,仿佛突然间成了仇恨的集合体。

"不快点找到种子,会被梦貘那家伙先吃掉的!"

"啊,是你干的呀,你真是太过分了!"

璐子的胃一阵痉挛。幽灵的眼珠闪着银光,恶狠狠地瞪着璐子。

"过分?我辈做了什么?你倒是说说看。我辈只不过是死了而已,在《大洋彼岸的哈尔巴尔卡》这部巨作写到一半的时候!我辈刚刚死去,写到一半的巨作就被人们忘得一干二净,这叫什么事?到底是谁过分?!"

璐子心中充满恐惧,但这并不影响她突然想明白了一件事。幽灵说的那个他一直在追赶的嗖一下飞走的东西,一定是他写到一半被人们遗忘的故事。这个幽灵就是为了追赶自己的故事种子,才到种子森林来的。

幽灵像一只饥肠辘辘的狼一样眼露凶光,璐子按捺住自己快要爆炸的心脏,努力迎上幽灵的视线说道:

"因为那本书还没写上'完'这个字呢!"

在璐子大喊的同时,幽灵腾的一下飞了起来。

"哼，你们这些活着的人知道什么！我辈就是要寻找，要寻找属于我辈的故事！"

幽灵以惊人的气势，像水母形状的流星一样飞走了。

"站住！"

璐子跑了起来。不能就这么把他给放了。然而……

啪嗒。

蜗牛从璐子手里滑落，璐子忙把它捡起来，想要装进口袋。可是蜗牛却用尽全力伸展身体和触角，指向与幽灵的去路不同的方向，那是璐子他们刚才前进的方向。

"你是让我继续前进吗？"

像是在点头一般，蜗牛的两只触角弯了弯。

璐子又看了看幽灵逃走的方向。幽灵的身体软绵绵的，让人实在无法相信他逃起来速度竟然那么快，转眼间连背影都看不到了。

"好吧。"

璐子再次按照蜗牛指示的方向穿过花海，向前走去。即使跑起来去追，恐怕也追不上那家伙。总而言之，当务之急是尽快找到星丸。

渐渐地，极光色的花朵变得稀少起来，故事种子演奏的音乐声也减弱了。寂静再次笼罩了一切。

"哎，你知道星丸在哪儿吧？"

璐子有些不安，脚步也变得沉重起来。自己走得对吗？不会是向着完全相反的方向在前进吧？这种想法在她心中盘旋，久久无法散去。可是，蜗牛却非常有信心地伸直了触角。

昏暗的水面静悄悄的，树木发出的微光、蜗牛和书都透着寒意，她觉得这个森林里没有任何让人感觉温暖的东西。璐子目不斜视地往前走着，很担心幽灵会从后面跟上来。万一他悄无声息地跟过来袭击自己怎么办？

阴冷的路程并没有像璐子想象的那样一直延续下去。

忽然，蜗牛将触角笔直地竖了起来，璐子立刻停住了脚步。这是"停"的信号，对于这一点，璐子深信不疑。她透过前面的树缝，看见一个蓝色身影闪过，仿佛一幅剪影画！

"喂，这边！快点快点，你就只能这么慢吗！"

后背长出一对翅膀的星丸突然出现在眼前，好像在嘲笑谁。事情发生得如此突然，璐子都顾不上高兴和安心。

"星丸！"

璐子大叫一声，星丸脸上浮现出惊讶的表情，紧贴水面拍打着翅膀，悬停在那里。

"你到哪儿去了！害得我找了这么半天！"

璐子探过身来大声训斥道，星丸瞠目结舌地看着她。

"不至于吧，你的脸色好可怕。还不是因为你怀疑我，把我赶走的。"

这次轮到璐子瞠目结舌了。

"什么？我……"

"就是嘛，好了，算了算了。现在可没工夫聊这些。看，它来了！"

星丸咧嘴一笑，转过身去，璐子越过他的肩膀，看到一只黑白相间的野兽正向这边跑来。是梦貘！

"果然，你在被它追杀！"

梦貘如迅雷闪电般飞奔而来。星丸大声笑着，顺手从身后抓住璐子的肩膀。

"来，三十六计走为上。小心书别掉了，不然古本先生要生气了。"

蓝色的羽翼用力拍打着空气，紧接着，璐子的脚便离开了水面。

星丸像是在玩抓人游戏似的，紧贴着水面，在树木之间灵巧地穿行。梦貘被远远地甩在后面，但它一直穷追不舍，溅起一阵阵水声。

璐子感觉自己好像也变成了一只鸟，肚皮朝下，脚不沾地，嗖嗖地往前飞。刚才那种无依无靠的不安早就被抛到九霄云外，再也追不上她了。

然而，仅凭星丸的力量还是无法长时间带着璐子飞行。渐渐地，他们的速度慢了下来，梦貘的脚步声越来越近了。

"你还是太重了。这样下去咱们都会被它抓住……有了，咱们先飞到森林上空，把梦貘那家伙给甩掉。"

忽的一下，璐子的身体向上升了起来。为了不像上次那样被小树枝划破衣服，星丸灵巧地从树枝间穿过，飞到高空。

一棵棵大树发出点点微光，照着上方黑漆漆的夜空，宛如将碎成粉末的月亮挥洒在四周一样。整个森林似乎在一闪一闪地眨着眼，透出几分暖意。无数个被遗忘的梦想拖着长长的尾巴，如流星雨一般从地面向着天空划过。璐子和星丸都沉浸在这美妙绝伦的景象中。

也不知道是谁先起的头，两人哈哈大笑起来。这笑声好像并不仅仅是因为成功躲过了梦貘的追赶。

"星丸，对不起。我确实想过再不理你了，所以才变成了孤零零的一个人。"

"没事，那些都不重要。刚才你看没看见梦貘那张脸？不过，它背上也没有人啊。"

听到这儿，璐子突然想起了幽灵。

"星丸，刚才……"

璐子想要说幽灵的事，却被突如其来的情况打断了。

一团青白色的东西像炮弹一样向两人猛撞过来。还没来得及喘息，璐子和星丸就咚的一声被撞飞了。

"滚出去，滚出去，滚出去！阻碍我辈之徒，统统滚出去！"

尖声大喊的正是幽灵！璐子想要反驳他，却又无能为力。她的身体在不断往下落。

星丸急忙伸出手，向她飞去，但已经来不及了。这样掉下去的话，璐子必死无疑。

眼看就要撞上闪光的树枝了，璐子身后突然唰地展开了翅膀。星丸的手明明还没够到璐子，璐子的身体却已调整好姿势，轻盈地飘浮起来——不，是飞了起来，凭借着她后背长出来的巨大的蝙蝠翅膀！

"哇，太酷了！"

星丸高兴得直拍手。璐子扇动着黑色的翅膀，一转眼工夫就飞到了和星丸同样的高度。原来这才是蝙蝠雨衣真正的用途。

"滚开，快滚开！"

幽灵尖叫着，但他好像有点害怕了，如离弦之箭般逃回了森林深处。

"那家伙就是破坏故事种子的凶手！"

璐子目光炯炯，指着幽灵声音响亮地说。

"好，看谁飞得快！"

星丸低下头，缩起羽翼，用比自由落体还要快的速度，再次向森林飞去。璐子也模仿他的样子，黑夜般的翅膀像疾风一样，护送璐子前行。

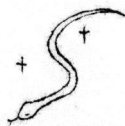

十五　寻找声音的主人

璐子觉得自己仿佛变成了真正的鸟，心情无比兴奋，虽然是蝙蝠翅膀，但又有什么关系呢？前面的星丸在闪光的树丛间自由穿梭，好像燕子在做飞行特技表演，璐子也丝毫不输给他。

　　璐子的胳膊紧紧夹住《月神赋》急速飞着，为了不让蜗牛掉下去，把它放在了口袋最里面。

　　幽灵一会儿往那边拐，一会儿往这边飘，像一条高速游动的鱼，四处逃窜。看来他对森林的情况了如指掌。眼看就要追上了，他却突然转身，紧贴着璐子逃走了。

　　对璐子他们来说，最麻烦的就是，当幽灵的身体与树木重合时，他那模模糊糊、有点透明的颜色与玻璃一样的树便彻底融为一体了，很难分辨出来。

更糟糕的是,可能因为幽灵没有实体,他好像不知道累。而璐子和星丸都已经气喘吁吁了。

幽灵的速度丝毫不减，时不时来个急转弯。

"来，试试两面夹击！"

星丸大叫道，加快速度离开了璐子。他想换个角度，抄近路追上划着大大弧形轨迹急速逃跑的幽灵。璐子则斜着向前飞去，想从前面切断幽灵的去路。

两人一前一后迅速接近幽灵。

"机会来啦！"

星丸给璐子发了信号。但是——

　　到这边来，快！

又听到了那个声音！璐子不由得回过头去。

幽灵嗖的一下径直飞上天空。咣！璐子和星丸撞了个正着。

璐子失去平衡，屁股朝下向水面坠落。水洼那么浅，根本起不到缓冲的作用。巨大的冲击力使得璐子半天没喘上气来。

幽灵的身影从两人的视野中彻底消失了。

"啊，好疼啊……"

"没事吧？屁股摔碎没有？我都担心地面被你砸出坑来。"

啪哒啪哒，星丸踩着水跑了过来。都这个时候了，还说这么没礼貌的话……璐子想让他扶自己起来，刚要伸出手，表情立刻僵住了。

"星丸，小心身后！"

星丸急忙转身，看到自己的身后站着梦貘。它应该是埋伏在这里准备偷袭吧，一双小眼睛中露出凶狠残暴的光。

璐子来不及细想，连忙打开《月神赋》，下意识地将打开的那一页对准了梦貘。

"梦貘，别动！"

璐子出声的同时，书里射出一道银色的闪电——不，那不是闪电，是一条发光的蛇！蛇以光的速度朝梦貘飞去，噌噌噌缠住它的身体，抬起镰刀形的脖子盯住梦貘的眼睛。

一眨眼的工夫，梦貘就仿佛一座冰雕一样凝固在那里不能动了！蛇咝咝地吐着芯子，好像附体到梦貘身上一样，不见了踪影。

璐子坐在地上，被眼前的一切吓得魂飞魄散。

"太好了！"

星丸拍着手跳了起来。

"真厉害，干掉梦貘了！活该，看你以后还怎么吃梦。"

他一脸胜利的自豪，在梦貘周围又蹦又跳，拍打着它冻得硬邦邦的身体。

璐子挣扎着站起身来，向梦貘和星丸走去。梦貘的小眼睛瞪得溜圆，还保持着攻击猎物时的姿势，就那样冻住了，仿佛已经被时间遗忘。

"不，"璐子突然觉得很累，叹了口气说，"我刚才想的只是让它别动。再过一段时间，或者我再用想象力让它动起来的话，它应该还能动。"

星丸闻言双手交叉放在脑后，但是很快，他又饶有兴致地对着这个活雕塑又摸又捅。

"让幽灵跑掉了。"

璐子有些沮丧。眼看就要成功了，都怪自己。不过，那个声音到底是谁……

"你别说，那本书还真厉害。太酷了。"

被星丸这么一说，璐子仔细看了看刚才打开的《月神赋》。她这才发现，上面竟然一个字都没有。不仅如此，书页就像玻璃纸一样透明。这本书究竟是怎么释放出刚才那么神奇的力量的呢？

璐子惊诧地盯着书看，耳边又传来那个声音。

快，快走！

那个声音仿佛鼓声一样直击心扉。璐子四下张望了一圈，可是，明明听起来这么近，却看不到声音主人的身影。而且，星丸好像听不见这个声音。与一脸紧张侧耳倾听的璐子相反，他莫名其妙地歪着头。

"你怎么了？"

"我听到一个声音，好像有点着急似的……但是，我不知道那个声音是从哪里传来的。"

那个声音带着一种迫在眉睫的紧张，璐子觉得自己的心脏好像被捅了一下似的，快要跳出来了。只要知道那声音是从哪里传来的，立刻就可以飞奔过去了！

"哪有什么声音啊，一点都听不到。"

"不是，好像是在离我很近的地方叫我呢……这个声音是……"

璐子觉得这个声音很熟悉。可是，是谁的呢？璐子急得直咬牙。

忽然，手里的书隐隐约约发出银白色的光来。璐子吓了一跳，定睛一看，透明的书页上唰唰唰出现了几个银色的字。

　　是你认识的人。

璐子不由得瞪大了眼睛，用力点了点头。

"对！不过，是谁呢……"

刚才那些字晃了晃，像小水银珠一样四散开来，又重新汇聚到一起，形成另一句话。

　　声音的主人，在离你最近的地方。

"啊？"

这个回答让璐子茫然不知所措。然而，很快那些字就像被雨水冲洗的颜料一样消失了，再也没有出现。

离自己最近的地方……

星丸看着书，佩服得五体投地。璐子看了他一眼，然后摇了摇头。虽然星丸离自己最近，但那好像是女孩的声音，应该不是星丸。

"既然离你最近，你听到的会不会是自己的声音啊？"

星丸有些嘲弄她似的眯起一只眼说道。璐子斜了他一眼，忽然，她吸了一口气。

"啊！"

璐子突然大叫一声，惊得星丸瞪大了眼睛。

璐子更是因为吃惊而呆住了。传到璐子耳边的那个声音就像星丸说的那样，不就是璐子每天都在听的自己的声音吗！为什么直到现在才察觉到呢？

"可，这是为什么呢？我也没说那样的话呀。"

就在这时，那个近似于哀号的声音刺痛了璐子的耳膜。璐子的身体一阵颤抖，猛烈得甚至有些疼痛。

她在求救。那个声音，只有璐子才能听到的那个声音在大声求救。

自己非去不可！仿佛有一根无形的线正用力拉扯璐子。璐子立刻朝那边跑去，边跑边急忙展开翅膀。快，不快点

就……虽然不知道是怎么回事，但有一种危险迫在眉睫的感觉，促使璐子立刻行动起来。

"你要去哪儿？"

星丸一边问，一边变回小鸟的模样，停在璐子头上。因为璐子飞得太快、太猛了，如果跟她并排飞，肯定会走散的。

"不知道。不过我非去不可！"

这种强烈的感觉究竟是什么？为什么璐子自己的声音会呼唤璐子？到底发生了什么事，为什么浑身上下都充满恐惧？

璐子一路飞着，百思不得其解。她拼命加速，感觉蝙蝠翅膀都要断了。快、快、快！

十六　蓝色的故事种子

璐子一边飞，一边感受着远处那个强烈呼唤自己的存在。为什么自己的声音在叫自己——这个问题已经不知道被丢到何处去了。璐子只是心无旁骛地向着呼唤自己的那个存在飞去。

内心急切地想要冲破身体的躯壳，立刻飞过去。那双蝙蝠翅膀如果不是长在雨衣上，肯定无法忍受极速飞行时像刀刃切割般的疼痛。

万籁俱寂、一片漆黑的森林中，隐约传来神秘的声音，很快，周围便开始出现五颜六色的故事种子。与上次和星丸来种子森林时看到的一样，都是一些还没有花托的赤裸裸的种子。

"就是这儿！"

璐子一个急转弯，在空中停了下来。

漂浮在水面上的故事种子正唱着歌。呼唤璐子的那个声音，将璐子吸引到这儿来的那个看不见的力量就来自这里。璐子凭直觉感受到了，但是真正到了这儿却听不到了。回荡在空气中的只有种子们发出的澄澈的音乐声，除此之外则是一片寂静，也没有人的气息。

"这里有什么？这不都是种子吗？"

星丸站在璐子头上，不解地歪着头。

焦虑像狂风暴雨般击打着璐子的心。

"应该就是这儿，肯定就在这附近。"

璐子在宝石花海般的水面上方飞来飞去，躲开一棵棵珍珠色的大树。

在哪儿，在哪儿呢？应该就在这附近。那么急切地呼唤自己……

"哎，我也帮你找找？"星丸从璐子头顶上将鸟喙伸了过来。

璐子一边飞，一边摇了摇头。星丸肯定找不到。那个声音在呼唤的，只有璐子一个人。璐子一会儿往右拐，一会儿又转回左边，在森林迷宫里转着圈圈。

啪嗒。

蜗牛又掉了出来，落在地面上隆起的树根旁。明明把它放在口袋最里面了。

璐子急忙收起翅膀，去救蜗牛。

"别出来，老老实实在兜里待着。"

璐子把蜗牛放在手心里，正要直起身来，忽然身体像冻住了一样。

紧挨在她旁边的那棵大树的树干上，映出一个模模糊糊的影子，一个像蓝色水泡一样的东西忽忽悠悠飘在半空中。

"不行！"

璐子发出一声怒吼，绕到树干那边。

躲在那里的是幽灵！他已经与树木融为一体，只能看到他手里拿着一个蓝色的故事种子，眼看就要放进嘴里了。无论如何我都要保护它，璐子心中有个声音大叫着。

幽灵那双原本青白透光的眼睛，此刻放射出更凶恶的光来。也许是因为愤怒，他的脸上闪出刺眼的银色。被这样一张脸怒目而视，璐子的心不由得哆嗦了一下。

"那……那个种子，快还给我。"

璐子用颤抖的声音说。幽灵发出一声尖叫，露出尖尖的银色牙齿。

"这是我辈的东西，我辈是作家。"

"不对！不是你的！那不是你的！"

璐子扯着嗓子大喊，啪地跺了一下脚，借此赶走恐惧，向幽灵扑了过去。幽灵发出一声悲鸣，似乎要将空气撕裂。他发了疯似的挣扎，想要从璐子手中逃脱。璐子一边躲开幽灵伸过来的手和尖锐的牙齿，一边拼命想抢到蓝色种子。

是它，曾经那么声嘶力竭地呼喊，仿佛要把痛苦真切地传到璐子那里；是它，号啕大哭般从远方发来求救信号——就是那颗小小的蓝色种子，一颗故事种子。它那么孱弱，湛蓝而晶莹，让人不禁动容。

呼唤璐子的，就是这颗种子。

璐子势在必得的，就是这颗种子。

无论如何，不管用什么方式都必须把它抢回来。

"我辈的故事！我辈的！"

幽灵疯狂地挣扎，璐子也毫不示弱，像一头凶猛的野兽般使劲儿摁住幽灵，把他的手扒开，一次次伸出手去，想要抢到种子。不知不觉间，两人扭打成一团，摔倒在水面上。

"不是！这不是你的！这个故事是我的！"

咣！璐子感觉额头好像被锤子猛地一击。是幽灵用牙齿撞了过来，比起软绵绵的头，牙齿当然更坚硬。璐子被撞翻，整个人向后倒了下去。

她只觉得一阵头晕目眩，无法站立。眼前的景物变得模糊不清。然而很快，幽灵张开银色牙齿要吃掉蓝色种子的样子映入她的眼帘。啊……璐子觉得自己好像被全世界抛弃了一样，嘤嘤嘤地哭了起来。

只要拿到那颗种子……

我肯定就能回家了。

只要有那个故事……

我才不搞什么恶作剧，我会笑着叫出莎拉的名字。

只要能把它抢回来……

这种冰凉虚无的感觉就会消失，我就能好好的……好好的，和莎拉一起吃布丁了。

"不要！"

璐子撕心裂肺地大叫一声，尽管她的身体仍然不听使唤。

玻璃似的树梢随之颤动起来。

就在这时，一声尖锐的鸟叫阻止了幽灵的行动。是星丸。他在幽灵眼前飞来飞去地扰乱对方。幽灵不时挥手想要赶走他，都被他灵巧地躲了过去，星丸瞅准机会，仿佛变身成一只游隼，用鸟喙嗖地将幽灵手中的蓝色种子抢走了。

"不行！不行！不行！绝不允许任何人从我辈手里抢走故事！"

幽灵面目狰狞，一次次伸过手来想要抓住星丸。星丸拼命拍打着翅膀逃脱，可幽灵却以惊人的速度穷追不舍。

璐子使出吃奶的力气站起身来，打开那本《月神赋》。

"幽灵——睡觉！"

顿时，书页间飞出无数只紫色的蝴蝶。它们将幽灵团团围住，撒出无数发光的粉末，然后又像破灭的肥皂泡一样瞬间消失了。幽灵的眼睛渐渐失焦，软绵绵地瘫倒在地。

因为嘴里叼着蓝色种子，星丸默不作声地飞向璐子。看到他额头上的星星印记和丝毫没有受伤的蓝宝石颜色的小翅膀，璐子全身放松下来，内心忽然涌起一股暖流，心潮澎湃。

璐子伸出双手，接过星丸送来的蓝色种子。

溜溜、溜溜……

聚在一起时，故事种子会奏出宛如玻璃制品摩擦般的声音，而眼前这一颗，却唱着如水滴颤动般的歌声。与最初和星丸一起看到的那些相比，这颗种子更大一些。这种蓝色璐子从不曾见过，却又感觉十分亲切。这是雨后初晴的天空的颜色，仿佛对雨的离去恋恋不舍似的，带着几许迷蒙湿润。这颗种子泛着淡淡的温和的光，随着璐子的心跳搏动着。

"呃……呃……"

幽灵发出阵阵呻吟，就像被拍上岸的水母一样瘫在那里。

"那是……那是，我辈的……"

"才不是呢。"

璐子注视着手里的种子，摇了摇头。她已经喊不出来了，只能发出低弱的声音。

"可是，我一直找了那么长时间……那是我辈特别特别重要的故事……"

明明被施了睡眠魔法，幽灵还是半睁着眼睛，一直在说话。也许是他的意志太强大了吧。

"真烦人。还写什么故事啊，你应该像我一样，去体验真正的探险。"

星丸停在璐子头上，叽叽喳喳地说。幽灵的表情立刻变得严厉起来。

"闭嘴，闭嘴，快给我闭嘴！你懂什么？我辈是作家！作家就是要在故事中探险！"

说完，幽灵哭了起来，那哭声像是从心底深处挤出来的一样。

"还给我，还给我……我还想写呢。我想好好把它写完。可是，可是还没等写完，竟然就被忘了……"

璐子抬起头，狠狠地瞪着幽灵。

"所以，你就可以这样做坏事吗？你把别人的梦想和故事都给毁了！"

"那些家伙，不是早把故事忘得一干二净了吗？我可不一样，即使死了也一直在苦苦追寻。"

幽灵嘤嘤嘤地哭着，璐子和星丸面面相觑。

"可是，那也不能……"

"喂，你为什么趴在梦貘背上？"

对星丸的提问，幽灵吃力地抬起眼皮。

"我不是趴在它背上，我是想要阻止它，因为它总是抢在我前面，一次就吃掉那么多种子。太不像话了。"

到底是谁不像话……璐子捂着自己还隐隐作痛的额头。

"总之，再也不许做这样的事了。不然的话，古本先生和舞舞子姐姐都会很为难的。"

"古本先生？舞舞子姐姐？这都是谁呀？"幽灵哭丧着脸问。

璐子看着他，叹了一口气回答道：

"是下雨的书店的店主和他的助手精灵使者。他们俩用雨水培育故事种子，把它们变成书。"

"书？"

幽灵原本半睁半闭的眼睛突然瞪得溜圆。

"书……变成书？"

"是啊，你连这都不知道吗？就因为你把种子咬坏了，所以做出来的书都无聊乏味，古本先生可生气了。"

"竟……竟然有这样的事……啊啊！"

幽灵浑身剧烈颤抖着，腾一下站起身来。

"我辈，这是都做了些什么啊！身为作家，竟然把书破坏了！"

"对啊，所以再也不能咬种子了。古本先生本来性格就古怪，这样一来更烦躁了，喝下午茶的时候都一直板着脸。"

"可……可是，我辈的故事怎么才能……"

幽灵话没说完又咽了回去，因为他看到璐子蹲下身，将蓝色的故事种子紧紧抱在胸前。

"那个故事是谁的？"

星丸变成人形，盯着种子问道。

璐子将那颗微微颤动的蓝色故事种子轻柔地抱在怀里。

"我的。"

现在，璐子已经清楚地知道呼唤自己的是什么了。

《雨之精灵沙拉沙拉》。

故事的名字，从心底深处慢慢浮现。

这是莎拉出生时，璐子为她写的故事，主人公就是莎拉。是什么时候停笔的呢？是什么时候忘记了这件事，再也没想起来呢？

沙拉沙拉从右边衣兜里掏出一把水蓝色的粉末，哗的一下撒了出去。粉末闪着耀眼的光，纷纷扬扬落下……

故事在璐子的记忆中复苏。莎拉和璐子一样，都出生在雨天，在故事里，她是雨之精灵沙拉沙拉。

　　终日以泪洗面的钟表匠忽然间将视线投向窗外，瞪大眼睛看着淅淅沥沥的雨滴……

　　璐子心中，仿佛有一个可爱的精灵女孩正翩翩舞动着翅膀。

　　"对呀，那些雨都是你的泪水。"
　　沙拉沙拉笑着说，
　　"不过，你看，这场雨给大家带来多少欢乐啊。院子里的蓝玫瑰在雨水的滋润下笑得多开心，快看。"
　　……

　　蜗牛爬到蝙蝠雨衣的领口，用触角轻轻碰了碰璐子的脸颊。璐子点了点头，小心翼翼地将种子放在水面上。
　　紧接着，从纵横交错的树根之间，宛如神秘的魔术一般，

一朵极光色的睡莲绽开花瓣，漂浮过来，花朵仿佛温柔的手掌将璐子的故事轻轻包住。璐子捧起那朵花，无比爱怜地将它放在脸旁边。

种子森林并没有下雨，璐子却感觉不断有水顺着她的脸颊流下，啪嗒啪嗒，滴落在蓝色的故事种子上。故事种子晶莹闪亮，仿佛在微笑一样。

"嘿，咱们回去吧。"

星丸轻轻将手放在璐子的肩头。

十七　回家

下雨的书店里的情景，又与他们离开时有些不同了。睡梦中的鲸鱼旁边，小麦哲伦星云打着旋，带发条的龙好像蜕过皮似的留下彩虹色的外壳，架子上的人偶仿佛补过妆一样……古本先生那本巨书，也只剩下薄薄的几页就看完了。

　　"璐子妹妹，星丸！"

　　舞舞子飞也似的跑过来，将璐子和星丸两人一起搂进怀里。

　　"你们俩都没事吧？受伤了吗？哎呀，璐子妹妹，怎么这么大一个包？到底怎么回事？疼坏了吧……"

　　舞舞子凉凉的手抚摸着璐子的额头，璐子觉得好像突然就不疼了。

"星丸，你没事吧？不会是又拿梦貘寻开心了吧！竟然能让璐子妹妹受伤。"

被舞舞子批评，星丸有些不高兴。不过，舞舞子也温柔地摸了摸他的头。

忽然，舞舞子的视线落到璐子手上。璐子手里拿着两本书，一本是银色的《月神赋》，还有一本新的雨书。

舞舞子脸上露出宛如月亮般的笑容。

"你给它浇足了水呢，璐子妹妹。"

璐子不知为何有些难为情，脸也没抬，只是点了点头。

"话说，"古本先生站在桌子对面说道，严厉的目光透过眼镜直射过来，"那位软绵绵的客人究竟是何许人？"

在璐子和星丸身后，幽灵一副弱不禁风的样子，缩着脖子站在那里等待发落，苍白的眼睛四下张望着，带着几分胆怯。

璐子推着幽灵的肩膀把他推到前面，好让古本先生和舞舞子看清他的脸。

"他就是毁掉故事的罪魁祸首。不过，他说自己是个作家。"

黄色眼镜后面那双眼睛好像突然变大了。

"什么？作家？作家会咬碎故事的种子，把它们弄得一团糟吗？！"

古本先生狠狠地拍着桌子，那本巨书都要被震飞了。幽灵吓得浑身一颤，身体越缩越小、越缩越小，都快看不见了。

"我……我辈，原本不知道那个……那些全都能变……变成书。我辈该怎么做……"

幽灵仿佛一只雨天里被抛弃的小狗，无助地哭了起来。玻璃棒铅笔掉在地上，青白色的稿纸哗地散落一地。

璐子讲述了幽灵的事，他在写自己故事的过程中死去，之后一直在寻找被遗忘的故事。

古本先生和舞舞子表情复杂地对视了一眼。

"您说该怎么办。这位幽灵先生看来并没有恶意。"

然而，严厉的表情却没从古本先生的脸上消失。他抽着烟斗，迈着一双粗粗的小短腿缓缓走到桌子这边来。

"只要没有恶意，就做什么都行吗？哪里有这样的道理！我极度愤慨！为了防止你再犯类似的错误，幽灵，你得接受惩罚！"

幽灵短短地吸了一口气，然后好像放弃了自己的命运般无力地垂下了头。

"好，我辈也不曾奢望得到原谅，我毕竟做了一个作家不该做的事。我辈无论什么惩罚都愿意接受……"

璐子他们看着孤独无助地悬在空中的幽灵，忽然觉得他很可怜。古本先生吸了一口玻璃烟斗，吐出一团泛着紫光的烟，语气凝重地宣判惩罚。

"你说过你是个作家，那么，你必须把我们书店里所有残缺不堪的故事都重新写完！听到了吗，你咬过的所有故事！而且，必须写成非常完美的故事，让我满意。"

幽灵好像不太理解古本先生所说的话，呆呆地抬起脸来。只过了短短的一瞬，他的脸就一下子亮了起来。

"可……可以吗？我辈可以在这儿写书？"

古本先生严肃的表情毫无改变。

"数量十分庞大，这会十分漫长，你要做好心理准备。"

"哇！"

幽灵一副喜极而泣的表情，张开双手又蹦又跳。

璐子和星丸，还有舞舞子，都会意地笑了。

"古本先生，这本书还给您。真是一本了不起的书。我都震惊了。"

璐子把《月神赋》递过去，古本先生接过书，不置可否地哼了一声。

"所谓书，只要是倾注心血写成的，每一本都很了不起。而是否能被感知到，则取决于读者的素质。"

面对古本先生过分严肃的态度，璐子有些无言以对，但又觉得十分安心。

"古本先生，这本书……"

璐子将水蓝色封面的雨书举到脸的高度。

"这本书我想留着，该怎么支付书钱呢？"

古本先生扬起一侧的眉毛，瞥了一眼璐子的书。

"嗯，装帧还不错，但作为故事，看似还不成熟。到了我这个资历，单从封面就能看出来。不过，那不是在我们书店制成的书，所以也谈不上什么书钱不书钱的，那是你自己的书啊。"

璐子的眼睛慢慢地放出光芒，把那本只属于自己的雨书紧紧抱在怀里。

之后，大家为了让幽灵了解书店，一起去了图书制作室。

宽敞明亮、蓝宝石颜色的大厅的地板上浸满了水，托着种子的花朵漂浮在水面上，清澈的雨滴不断落在花上。

"这里就是你接受惩罚的地方。"

古本先生甩了甩小小的尾羽，盛气凌人地说道。幽灵仿佛被一场大风刮上天的热气球，在花朵上空转了个圈。随后，他又兴冲冲地回到玻璃栈道上来，握住古本先生的翅膀，深深鞠了一躬。

"哎，话说，"星丸双手在脑后交叉，歪着头说，"梦貘怎么办呢？"

"啊！"

璐子不由得捂住了嘴，她彻底把梦貘给忘了。璐子讲了自己凭借《月神赋》的力量将梦貘冻住的事，舞舞子听完哧哧笑了起来。

"看来你们俩真是去探险了。没关系，过一段时间，想象力的效果会越来越弱，那时它就能动了。"

"可是那样的话，它岂不是又要开始吃故事种子了？"

璐子想尽最大努力阻止它那样做。古本先生却若无其事地拿起烟斗，说道：

"说什么呢。梦貘喜欢吃的只是被遗忘的梦想，故事种子之类，对它来说连零食都算不上。"

璐子惊得目瞪口呆，说不出话来，当然还有幽灵。

他们又一起回到下雨的书店，刚进门，书签和书脊就拿着什么东西飞到璐子身旁。

"书签，书脊！你们去哪儿了？我可想你们了呢。"

两个精灵一改往日彬彬有礼的气质，脸上露出开心的笑容。两人送上来的是璐子那件浅绿色的雨衣，肩部的裂口已经被修补得一点痕迹都看不出来了。他们还拿来了那个装着布丁和果冻的购物袋。

"谢谢。"璐子说着，轻轻接了过来。然后，她面向大家说："再见……我该回家了。"

在两个精灵身后，舞舞子露出笑容，如月影中凛然开放的花朵。古本先生那双小短腿缓缓向前迈了一步，清了清嗓子。

只见他胸部的羽毛刹那间隆起，黄色眼镜后面的大眼睛炯炯发光。

"好，这件事算是圆满解决了。幽灵就留在这儿拼命写书吧，虽然本来他就已经没有生命了。不管怎么说，我们下雨的书店总算是有了个写书的人，不必只依靠雨水做书了。如此说来，即使是无趣的种子，应该也能被写成顶级的好故事。"

在他身后，幽灵蜷缩着身子没有搭腔。

璐子直视古本先生的眼睛，爽朗地笑着说：

"哪有什么无趣的种子，古本先生，故事的种子即便有的不那么灵巧，也个个都是拼尽全力的。"

古本先生的一双大眼睛好像睁得更大了。

然后，璐子再次环顾大家。

"再见了，各位。"

古本先生仿佛目送一位经历了冒险的骑士，深深点了点头。书签和书脊分别搂着璐子的一根辫子，用力抱了一下。幽灵往上翻着眼珠偷偷看着璐子，有些别扭地挥了挥手。

舞舞子搂住璐子肩头，说道："好了，璐子妹妹，换上那件雨衣吧。"

"啊？"

"蝙蝠雨衣的尾巴破了个洞。我先给你收着，等你下次再来的时候就补好了。"

说着，舞舞子调皮地使了个眼色。璐子绽开笑脸，点了点头。

"那么……再见，星丸。"

璐子换上浅绿色雨衣，对星丸挥了挥手。星丸却好像没听见似的，微微噘着嘴，只顾摇晃着手里那颗带有水中花的大玻璃球玩。

璐子见状微微一笑说：

"能早点找到梦见星丸的人就好了。"

听到这儿，星丸也并不理会。倒是幽灵替他答道：

"嗯，能找到的。青鸟和启明星，这是所有人的愿望啊。"

啊！

璐子心里突然亮起一盏灯。她似乎知道梦见星丸的那个人是谁了。星丸不会被任何一个人独自占有，也永远不会被忘记。

"那么，再见啦！"

璐子打开那扇进入书店时的小木门。

"谢谢你，璐子妹妹！"

"下次你再来的时候，我们下雨的书店一定会到处飞满探寻嗡嗡的！"

"再见……脑门上的包，对不起了。"

所有人都在挥手。

璐子就要穿过小门的时候，一个响亮的声音从背后响起：

"再见，璐子！"

接着，小木门啪嗒一声关上了。

图书馆里潮湿而安静。然而，与刚才不同的是，周围渐渐亮了起来。不仅仅因为灯光，还有穿过大玻璃窗直射进来的阳光。

雨停了。

璐子脚下是位于两排普通书架之间的短短的通道，不再是那个长长的像迷宫一样的通道。回头看时，历史书和参考书的书架一排接着一排，再往前是宽敞的读书角，尽头可见象牙色的墙。

刻着"下雨的书店"字样的木门，早已不见踪影。

长条阅读书桌边，有个人伸了个大大的懒腰。一个女孩怀里抱着一摞书，步履不稳地向借书柜台走去。

璐子突然想起了什么，手伸进两个衣兜找了起来。

找到了！

是七宝屋老板给她的赠品，桃红色的海螺壳蜗牛。

璐子坐下来脱掉雨靴，全然不顾戴眼镜的男子和拄拐杖的老爷爷惊诧的目光。没有，那只引路的蜗牛不知道哪里去了。

它还能带我去吗?

璐子重新穿上雨鞋,注视着桃红色的蜗牛摆件。

一定,一定还可以再去。蝙蝠雨衣还寄存在舞舞子那里,也必须得去看看幽灵工作得怎么样……而且,蝙蝠雨衣补好后,还想和星丸一起飞上天呢!

璐子点了点头,快步向图书馆的出口走去,完全顾不上购物袋沙沙响着晃来晃去。她手里紧紧抓着雨书,走到洒满阳光的室外。

看到这个蜗牛,莎拉会是什么表情呢?

还有,要是把这本书读给莎拉听,她会高兴成什么样呢……

天边挂着美丽的彩虹,璐子踏着水洼里的水,向家中跑去。

Ame furu Hon'ya
Text copyright © 2008 by Rieko Hinata
Illustrations copyright © 2008 by Hisanori Yoshida
First published in Japan in 2008 by DOSHINSHA Publishing Co., Ltd., Tokyo
Simplified Chinese translation rights arranged with DOSHINSHA Publishing Co., Ltd.
through Japan Foreign-Rights Centre / Bardon-Chinese Media Agency
All rights reserved.

著作权合同登记图字：01-2018-5904

图书在版编目(CIP)数据

　下雨的书店／（日）日向理惠子著；（日）吉田尚令
绘；杨彩虹译．-- 北京：新星出版社，2018.11
　ISBN 978-7-5133-3242-2

　Ⅰ．①下… Ⅱ．①日… ②吉… ③杨… Ⅲ．①儿童小
说－长篇小说－日本－现代 Ⅳ．① I313.84

中国版本图书馆 CIP 数据核字 (2018) 第 223123 号

下雨的书店

[日] 日向理惠子 著
[日] 吉田尚令 绘

杨彩虹 译

责任编辑　汪　欣
特邀编辑　杜益萍　王铭博
装帧设计　李照祥
内文制作　杨兴艳
责任印制　史广宜

出　　版　新星出版社　www.newstarpress.com
出 版 人　马汝军
社　　址　北京市西城区车公庄大街丙 3 号楼　　邮编 100044
　　　　　电话 (010)88310888　传真 (010)65270449
发　　行　新经典发行有限公司
　　　　　电话 (010)68423599
印　　刷　北京天宇万达印刷有限公司
开　　本　850mm×1168mm　1/32
印　　张　6
字　　数　60千字
版　　次　2018年11月第1版
印　　次　2019年1月第3次印刷
书　　号　ISBN 978-7-5133-3242-2
定　　价　28.00元